暗黒街の吸血鬼

赤川次郎

集英社文庫

イラストレーション／ホラグチカヨ
目次デザイン／川谷デザイン

暗黒街の吸血鬼

CONTENTS

暗黒街の吸血鬼

吸血鬼は時給八八〇円

怪物の館

その〈怪物〉という漢字のわきには〈モンスター〉とカナがふってあった。

畑野《はたの》は、こここそ俺にふさわしい場所だ、と思った。ここへやってきたのは偶然ではない。

何かが俺をここへ引き寄せたのだ……。

少し、むし暑い夜だった。

畑野が汗をかいているのは、しかし暑さのせいばかりではない。――ともかく休みたかった。どこかで、この疲れ切った体を休めたかった……。

幸い、金は持っている。〈入場料〉と書かれた札を見て、〈大人　千円〉とあるので、

「高いな」

と、つい呟《つぶや》いてしまった。

怪物といえども、日ごろの金銭感覚からは逃れられないものらしい。

「いやならやめてください」

と声がして、びっくりした。

気がつくと、その札のすぐわきがチケット売り場で、少し太めの女の子が退屈そうな顔をして座っているのだった。

「いや、出すよ。千円だね。――消費税込み？」

どうしてこう細かいんだ、俺は。

それどころじゃないだろ。人を殺して警察に追われてるっていうのに！　それも――わずか十歳そこそこの女の子を、無残に殺してしまった……。

「はい、どうぞ」

と、窓口の女の子が半券を出す。

「入り口、そっちです」

「ありがとう」

と、畑野は行きかけて、ふと、

「サービス、行き届いてるね」

「そうですか？」

「チケット売り場にもモンスターがいるなんて」

――どうしてこんなときにジョークなんか言えるんだ？

いつもは冗談なんか言ったこともない畑野である。それが今夜に限って――。

やっぱり、今夜の俺は普通じゃないんだ。

畑野は首を振りながら、〈入り口〉という矢印の方へと歩いていく。

さっと夜の青い闇がこの遊園地にも下りてきて、ジェットコースターやパイレーツの色とりどりの光の装飾が華やかに映《は》えていた。

畑野の心の中とはまるで違っていた。暗く、重く淀《よど》んだ、沼のような絶望とは……。

——一方、〈モンスター〉呼ばわりされた女の子は、他ならぬN大の学生、橋口《はしぐち》みどり。

当然乙女心を傷つけられて頭にきた。しかし、頭にきたからといって、今の男を追いかけていって、ぶん殴《なぐ》ってわけにもいかず、パッと立ち上がると、奥のドアから、中へ入っていった。

「あら、交替?」

と、細い通路をやってきたのは、蛇女《へびおんな》のゴーゴンと女吸血鬼カーミラ。

むろん、当人たちではない。本物がいたらそれこそ大騒ぎだろうが、ただの学生アルバイトでも、結構騒がしい点はひけを取らない。

神代《かみしろ》エリカと大月千代子《おおつきちよこ》の二人である。

「違うわよ!」

と、みどりはカッカしながら、

「今ね、三十くらいのパッとしない変なオヤジが入ってくから」

「いい男なの？」

「変なオヤジって言ったでしょ！」

みどりがあの「ジョーク」のことを話すと、エリカと千代子はふき出して、

「ユーモアのセンス、あるじゃない」

「でも、会社でやったらセクハラね」

「呑気《のんき》なこと言ってないで！　ね、思い切りびっくりさせてやって！　何ならけっとばしてもいい」

「みどり……。気にすることないわ。どうせ酔っ払ってたのよ。一人？　――じゃ、彼女に振られて頭にきてたんじゃないの？」

と、エリカが慰《なぐさ》める。

当然のことながら――というのも変だが、エリカが女吸血鬼役。白いロングのクラシックなドレスに金髪のカツラ。胸もとには血が広がって、口には接着剤で「牙《きば》」をくっつけている。

むろん、ここで雇われたのは、普通の女子大生として、であって、本物の吸血鬼を父にもつ、人間とのハーフだと雇う方が知っていたわけではない。

――大月千代子も、人間がその顔を見ると、あまりの恐ろしさに石と化すという、蛇

女ゴーゴンにしてはおっとりしたやさしい顔立ち。

精一杯、どぎついメークと頭にかぶったゴムの蛇のいっぱいくっついたカツラで怖そうに見せている。

「じゃ、行こう」

と、エリカが促《うなが》した。

交替の時間である。――この〈洋風お化け屋敷〉は、一日いると結構くたびれるので、一つの役に二人ずつついて、交替で訪れる客をびっくりさせている。

しかしね……。

エリカが少々面白くないのは、アルバイトとして使ってくれると聞いて喜んだものの、

「ゴーゴンは時給千円。カーミラは八八〇円だよ」

と言われたから。

「何で吸血鬼の方が安いんですか!」

と、担当者にかみついたが、

「メークだって楽だし、カツラも金髪だってだけ。ゴーゴンの方は、蛇がいっぱいついてるんで、ゴムとはいっても重いし、それに中がむれて暑いからね」

という返事。

エリカも、渋々ながら承知したが、

「やっぱり吸血鬼が一時間八八〇円ってのは安すぎる」

と、ブツブツ言っていた。

「交替です。ご苦労様」

と、もう一人のカーミラに声をかけると、

「ああ、良かった。トイレ行きたかったの」

と、ホッと息をついて、

「じゃ、お願いね」

その女性は、エリカよりだいぶ年上で、「主婦」だということだった。

主婦が吸血鬼っていうのも、本物だったら面白いわね、なんてエリカは考えていた。

「じゃ、後でね」

と、千代子が自分の持ち場へ行きかけて、

「そうだ。今のみどりの話、どうする?」

「ああ。――そうね、何もしないと、みどりが怒るか。じゃ、足でも引っかけて転ばしてやる?」

ひどいアルバイトもあったものだ。

「けがさせるとうるさいわよ。今はすぐ訴えたりするのがいるから」

「そうね。――じゃ、私がちょっとびっくりさせてやるわ」

と、エリカは言った。

エリカの居場所は棺《ひつぎ》の中。——何といっても吸血鬼なのである。

しかし、どぎつい映画だの小説だのに慣れた今どきの子供なんか、棺の中からエリカが起き上がったくらいじゃ、ちっとも怖がってくれない。

中には、

「一曲歌えよ」

なんて千円札を出す奴もいたりして、エリカは「本物の吸血鬼」として頭にきていたのである。

ここは、少しは怖いところも見せないと、吸血鬼の面目《めんぼく》にかかわる！

みどりの言った男は、まだ姿を見せなかった。大して大きな小屋じゃないのだが、通路は曲がりくねっているので、結構時間がかかる。

その前に、ワイワイガヤガヤ騒ぐ声が聞こえてきた。大方、高校生ぐらいのグループか。

やれやれ。こういうのが一番やりにくいのよね……。

「仕事、仕事……」

と呟いて、石棺《せきかん》の中に横たわると、ふたがギーッと大げさな音をたてて閉まる。

これで、中のボタンを押すとふたが開くようになっている。足音が聞こえてきた。

「――〈女吸血鬼……ちからいちミラ〉、だって。ハーフか？」

アホか。いくら横書きだといっても、〈カーミラ〉を〈ちからいちミラ〉ってことはあるまい。

「違うよ。〈カーミラ〉でしょ」

と、女の子が言ったので大笑い。

「だってさ、書き方が悪いんだよ！」

と、男の子が弁解している。

「これ、絶対、漢字に見えるよ」

男と女、二人ずつという感じだ。

「でも、どこにいるの？　あのお棺開けると入ってんのかな」

「ノックしてみたら？」

今出てくわよ！

エリカはため息をつきながら、ボタンを押した。

ふたがギギ……ときしみながら持ち上がった。

エリカは、できるだけそれらしく（といっても、何がそれらしいのか、よく分からないのだが）、ゆっくりと起き上がった。

「――あ、出た！」

と、女の子の一人が言った。

「お、可愛いじゃん。俺の好み」

男の子が、張ってあるロープを乗り越えて入ってくると、やおら手を伸ばして、

「胸、触らせて！」

とやったから、エリカもびっくりした。

何考えてるんだ、こいつ！

ちょっと「力」をその男の子の足下へ送ってやると、みごとスッテンコロリンと引っくり返る。

「やだ！　何してんのよ」

「俺……バナナの皮でも落ちてたか？」

と、立ち上がると、こりずにエリカの方へやってくる。

じゃ、おいで。――エリカが両手を広げてやると、相手は「へへ」と喜んで、

「キスしちゃおう！」

と抱きついてくる。

「だめよ！　戻っといでよ」

女の子の止めるのも聞かず、その男の子、エリカに抱きついて、チュッと――キスしようとしたが、エリカは一瞬相手に催眠術をかけて、口をカッと開けてみせた。

その瞬間、相手には、エリカの口が耳まで裂け、血で濡れた真っ赤な口と、鋭く突き出た牙が見えたはずだ。

「ワーッ！」

男の子が飛び上がって、

「助けて！　本物だ！」

と、逃げ出してしまう。

「ちょっと！　──待ってよ！」

他の三人があわてて逃げた男の子を追いかけていった。

「フン、なめんじゃないわよ」

思った通り、高校生の男の子二人、女の子二人のグループ。情けない奴！

と、そこへ……。

エリカがまだ棺の中に元通りに戻らないうちに、畑野がやってきたのである。

告白

これが〈怪物〉か？

——畑野《はたの》はがっかりしていた。

大体、こんな遊園地のアトラクションに大人の考える〈怪物〉がいると期待する方がどうかしているが。

それでも、今の畑野にとって、「少女を殺した」自分の方が、フランケンシュタインや狼男よりも、ずっと〈怪物〉に思えたのである。

今度は何だ？——棺《ひつぎ》のふたが開いてる。

畑野は千円払って見落としちゃもったいないと——妙なところで現実的になる——伸び上がって覗《のぞ》いてみたが、棺の中は空《から》だった。

「留守か」

それならそれで、〈外出中〉とでも札を下げときゃいいのに。

倒れかかった墓石——といっても、一見して発泡スチロールか何かでこしらえた物と分かる――に、〈女吸血鬼カーミラ〉とあるのを見ると、何かいるはずだが……。本当に休憩中なのかな。

肩をすくめて先へ行こうとすると、不意に誰かが寄り添ってきて、

「お願い。一緒に歩いて」

と言った。

何だ？　畑野はびっくりした。

薄暗いし、相手はピッタリと斜め後ろから体を寄せて彼の腕を取っているので、どんな女やら、よく見えない。

「君……どうしたんだい？」

と、畑野は訊《き》いた。

「怖いの」

と、ますます体を押しつけてくる。

「一人かい」

「ええ……。ずっと」

「まあ……別に構わないけどね」

「ありがとう！」

可哀そうに。――若い娘らしいが、俺がこんな作りものの怪物より、ずっとずっとと

んでもない化け物だということを知らないのだ。

「おじさん、やさしい人ね」

と、その娘は言った。

おじさん、か。——そう言われるのは仕方ない。しかし、「やさしい」と言われると、今の畑野は胸が痛む。

「しかしね、人は見かけによらないよ」

「私は?」

畑野は、娘の顔をまじまじと見た。——可愛いじゃないか。髪を金髪に染めたりしてるけど……。

「うん、可愛いよ、君」

とりあえずの感想を述べた。

すると——。

「じゃ、ずっと、ずっと一緒にいてくれる?」

「ずっと、って……。一年も二年もってわけにゃいかないよ」

「いいえ。——何百年もよ」

娘が、口を開いた。尖《とが》った牙が光って、それが畑野の首筋へガブッと——。

突然のことで、畑野も自分と比較するゆとりはなかった。びっくりして、

「ワーッ！」

と叫ぶと――その場に引っくり返ってしまったのだ。

「――やり過ぎたかな？」

と、エリカがかがみ込んでいると、

「ワア」

聞いたことのある声がした。

「――虎《とら》ちゃん！」

弟の虎ノ介《とらのすけ》がパチパチと手を叩いて、

「ツヨイ！　ツヨイ！」

当然、その両わきには父、フォン・クロロックと、母（といっても継母《ままはは》だが）、涼子《りようこ》の姿があった。

「どうしたの？」

と、エリカが訊く。

「どうしたの、じゃないわよ。エリカさんのバイトしてる様子を見がてら、虎ちゃんを遊園地に、っていうんで来てみたら……。エリカさんが男の人にキスしてるところを見るなんて！　しかも、こんな薄暗い所で！　いかがわしいわ！」

涼子は怒っている。

「ちょっと！　そうじゃないの。これにはわけがあって――」

エリカが説明しようとしても、涼子は聞かず、

「ね、あなた！」

と、クロロックの腕をつかんで、

「エリカさんによく言ってやって！　キスしたり暴力振るったり、女の子のすることじゃないわ！」

クロロックも、この若い妻には弱い。

「うん、まあ……。エリカも、もうちっと――何だ、普通のアルバイトはないのか？」

「これは普通のアルバイトよ！」

と、エリカは言い返した。

そこへ、奥の方から、

「――どうかした？」

と、千代子《ちよこ》がやってきた。

「あ、千代子、今ね、みんなが私のことをいじめるの――」

と、エリカは訴えようとしたが……。

千代子は何しろもっと凄《すご》い格好をしている。

クロロックたちも唖然《あぜん》として眺めていたが、

「──やっぱり、もう少し普通のアルバイトを捜した方がいいんじゃないか?」

と、クロロックは言った。

「あの、すみません」

と、クロロックたちの後ろで声がした。

「何かあったんですか?」

「お父さん! お客さんよ。邪魔しないで!」

と、エリカは手でクロロックにどくように合図した。

「あ、どうも」

OLらしい若い女性が会釈《えしやく》しながらクロロックと涼子の間を通る。

「ちょっと!」

と、涼子がその女性の肩を叩いて、

「あなた、今何をしたか分かってる?」

「え?」

「愛し合う夫婦の間を引き裂いたのよ!」

「ワアワア」

と、虎ちゃんも抗議して(?)いる。

いや、単に面白がっているだけなのだろう。

「──あの、その人は？」

しかし、文句をつけられた女性の方は、エリカのそばに倒れている男を見て息を呑《の》んだ。涼子のことなんか目に入らないらしい。

「あ、ちょっと──気絶しただけです」

「まあ！」

と、その女性は駆け寄ると、男を抱き起こし、

「しっかりして！　畑野さん！　死ぬことないのよ！」

と、かなり切羽詰まった口調で言った。

「あの……私、殺してませんけど」

と、エリカは言った。

「ちょっとびっくりさせただけで」

「あなたがやったのね！　気の弱い、やさしい畑野さんを！」

一オクターブ高い声で喚《わめ》くと、突然その女性は拳を固めてエリカに殴りかかったのだ。

驚いたエリカは、あわてて頭を下げた。

「ちょっと！　落ちついてください！」

と、あわてて逃げ出す。

「仕返ししてやる！　待て！」

と、その女性、拳を振り上げ、エリカの後を追いかけていく。

呆気《あつけ》に取られて見送っていた千代子が、

「何で吸血鬼が襲われるの？」

と、呟《つぶや》いた。

すると、倒れていた男が、やっと気がついて起き上がると、

「ああ……。どうしたんだ？」

と、頭を振る。

千代子が、

「今、お知り合いらしい女の人がみえましたよ」

「そうですか、どうも――」

と、男は言って、目の前の〈ゴーゴン〉を見ると、目をむいた。

そして、ウーンと唸《うな》ると、また気を失ってしまったのである。

「――面目《めんぼく》ない」

と、畑野はため息をついて、

「僕は人を殺したんです。それも、十歳の女の子を……。僕こそ人でなしの怪物なんです」

と言った。

エリカたちは顔を見合わせた。——といっても、エリカと千代子は扮装のままなので、今ひとつ深刻さに欠けるところがあった。

「——違うのよ、畑野さん！」

と言ったのは、エリカを追いかけ回していたＯＬ、和智友子《わちともこ》。

「違わない。君は何も知らないんだ。僕に近寄っちゃいけない。とんでもない巻き添えを食うよ」

ここは、〈怪物の館〉の奥にある休憩所、——といっても机と椅子と自動販売機がいくつか並んでいるだけの場所である。

「いつ、殺したんだね？」

と、クロロックが訊いた。

「今日、他の課へ転属になる課長の送別会があったんです」

と、畑野は言った。

「お開きになってから、まだ早いし、というんで、何人かで飲みに行って……。それきりよく憶えていないんです。気がつくと、小さな女の子の死体が足下に……」

「待って、畑野さん！」

と、和智友子が遮《さえぎ》って、

「違うの！　そうじゃないのよ！　――あなた、ひどく酔ってたでしょ。もともとアルコールに弱いのに、真田《さなだ》さんが飲ませるもんだから」

「真田が？　そうだっけ」

「真田さんって、この畑野さんの同期の人なんです。課長の谷口《たにぐち》さんと、私、それに畑野さん、真田さんの四人で、二軒めのお店を出た後、ゲームセンターに入ったんです」

「ゲームセンター？」

と、エリカが言った。

「ええ。よく高校生とかの行く。そこで、バーチャルリアリティ――仮想現実っていうんですか、自分が本当にゲームの中に入ってしまったような気がする、そういうミステリーゲームがあって……」

友子は、畑野の肩に手を置くと、

「それをやっていたあなたは、突然、『許してくれ！』って叫んだの。びっくりしたわ。そして、あなた、『とんでもないことをしてしまった！　俺は悪魔だ！』って叫んで、ゲームセンターを飛び出していっちゃったのよ」

畑野は目をパチクリさせて、

「つまり……」

「そのゲームって、小さな女の子を狙う連続殺人の犯人を捜す、って設定だったの。

——分かる？」

エリカは笑いをこらえて、

「じゃ、ゲームの中での死体を現実のものだと思ったんですね？」

「ゲームの中……。ゲームか！　そうだったのか！」

畑野は、しばしポカンとしていたが、やがて声を上げて笑いだした。

「人騒がせね」

と、友子は畑野の頭をつついた。

「谷口課長と真田さんも、あなたのことを捜してるのよ」

「すまん……。いや、良かった」

と、畑野は胸をなで下ろしている。

「あなたに人殺しなんてできるわけ、ないでしょ」

「それもそうだな」

畑野は、エリカたちの方へ、

「いや、お騒がせして申しわけない」

と、頭を下げた。

エリカも、腹を立てるわけにもいかず、苦笑い。

すると、クロロックが畑野のそばへ歩み寄って、

「失礼」

と、畑野の上着の裾《すそ》をつまんだ。

「何か？」

「――このしみは？」

クロロックは、裾の黒ずんだしみを見て言った。

「さあ……。酔って転んだのかな。どうしてです？」

「いや……。どうも、血の匂《にお》いがする」

と、クロロックは言った。

一瞬、みんなが黙ってしまう。

「――また！　びっくりさせないでくださいよ」

と、畑野が笑って、

「あなたも、その格好からすると、吸血鬼ですね？」

そのとき、休憩所を覗《のぞ》く顔があった。

「やっぱりか！」

「あ、真田さん！」

「捜したぜ。――入り口の子に聞いて、たぶんそうだろうと思ってね。表に課長もいるよ」

畑野と同年代ではあるが、タイプは正反対。いかにも明るく、張り切っている感じである。

「――じゃ、どうもお邪魔して」

と、友子が頭を下げていく。

「またどうぞ」

と、エリカは言った。

畑野、和智友子、真田の三人が出ていくと、エリカは真顔になって父の方を向いた。

「――本当に?」

「うむ。しかも、本人の血ではない」

と、クロロックは言った。

「誰かの鼻血でもついたのよ」

と、涼子は現実的な意見を述べて、

「さ、乗りものに乗りましょ。虎ちゃんでも乗れるものがあるかな?」

「ワア」

と、虎ちゃんが両手を上げた。

現場

「うるさいな」

加納《かのう》はゲームセンターに一歩入ると、顔をしかめて言った。

ピーピーと電子音をたてて、機械がまぶしいほどの照明の下に並んでいる。

店の中はガランとしているが、外には大勢の野次馬が集まっていた。

機械の間を、長身の南《みなみ》刑事が大股《おおまた》にやってくる。

「加納さん。こっちです」

「このうるさいの、どうにかならんのか」

と、加納は一緒に奥の方へ歩き出しながら言った。

「ああ。ゲームの音ですか？　僕は好きですね。この音聞いてると、落ちつくんです」

加納は黙って首を振った。

加納は四十八歳。南は二十年下の二十八歳。――ゲームに慣れた世代なのである。

「トイレに行く通路です」

と、南は薄暗い廊下を先に立っていき、

「段ボールのかげに押し込まれていました」

パッとカメラのストロボが光る。

その青白い光の中に、うずくまるように倒れている少女。——赤いブラウスのように見えるのは、血に染まっているのだった。

「——いくつだ？」

「十歳だそうです」

「娘と二つ違いか」

結婚の遅かった加納は、小学校六年生の娘がある。

「どうしてここへ来てたんだ？」

「母親についてです」

「母親？」

「といっても、二十七で。自分は夢中でゲームをやってたんだそうです」

と、南は言った。

「いなくなったのは？」

「気づかなかったとか。——いつも、母親がゲームやってる間、中をフラフラしてたらしいですよ」

加納はため息をついた。

「どこにいる？」

「奥の事務所に」

と、南は淡々と言った。

事務所といっても、ほとんど物置のような場所だった。

椅子にちょこんと腰かけているのは、とても母親とは見えない、「女の子」だ。二十七といっても、髪は真っ赤に染めているし、やたらあちこちにアクセサリーをぶら下げて、とても加納にはついていけないセンス。

「――加納さんだよ」

と、南がその女に声をかけた。

何だかボーッと床を見ていた女が、ゆっくりと顔を上げ、

「――この人、犯人？」

と訊く。

「違う違う。刑事だ。僕の先輩だよ」

「ああ……」

「加納だ。君は……」

「三田《みた》爽子《さわこ》さんです」

と、南が言った。

「娘さんは気の毒なことをしたね」

「アキのことですか……あの子、すぐどっか行っちゃうんですよね」

と、三田爽子は言った。

「誰か――あんなことをしそうな人間を見なかった?」

加納の問いを聞いているのかどうか、

「あの子、そりゃあ人なつこくって……。誰にでもついてっちゃうんです。可愛いでしょ? ね? 私に似てるって、みんな言うの」

と、三田爽子が笑顔さえ見せるので、加納はつい眉《まゆ》をひそめた。

「ついてっちゃう、ってね。――君がちゃんと気をつけてなきゃだめだろ? 君は母親なんだから」

「ええ……。でも、私、大変だったんです」

「大変って?」

「ゲームが終わんなくって。もう少しで最高点が出るとこだったの。それをアキったら、『お腹空《なかす》いた』なんて言って邪魔するんだもの! 腕引っ張ったりして。それでゲームオーバーになっちゃった」

加納が思わず南を見ると、南の方も肩をすくめるだけ。

「だから言ってやったの。『その辺の人に何か食べさせてもらいなさい』って。で、また初めからゲーム、やんなきゃいけなかったの。今度は前の半分も点が出なくて……。それで頭にきたから、ゲーム機、けっとばしちゃった」

「ね、君——」

「そう。分かってるの。あの子のこと、そりゃあ心配だったのよ。だから、ゲームすんだら、すぐ捜したわ。でも、どこにもいなかった……」

加納は、三田爽子を殴りつけてやろうかと思った。しかし、刑事にそんなまねはとてもできない。

「——じゃ、君は何も見てないんだね」

と、諦《あきら》めて言った。

「ええ。でも……。あの子、ずっとあのゲームの所にいたわ」

「どのゲーム?」

名前は知らないというので、ともかく三田爽子をゲームセンターの店の方へ連れていった。

「——これだわ」

と、爽子が言った。

「女の子の絵が描いてあるでしょ。だから、きっとそばにいたんだと思うの」

「これは何のゲームだ？」

と、加納が訊くと、南がちょっと難しい顔になって、

「小さい女の子が殺されて、その犯人を追いかけていくってゲームです」

「そんなものがあるのか」

加納は考え込むと、爽子の方へ向いて、

「娘がここに立ってたって？　誰かゲームをやってたか？」

「ええ。音がしてたし、そう……。誰かいるな、って思ったのは憶えてるわ」

と、爽子は肯《うなず》いた。

「――誰か、見てた人間はいないのか」

「無理でしょうね。ここへ来たら、みんなゲームに夢中ですから、人のことなんか見てないし、それに、事件のときこの店にいた客はみんな帰ったでしょう」

「参ったな」

加納は、ため息をついて、

「ともかく、運び出してもらおう」

と言った。

現場へ戻ると、加納は少女の死体の傍に膝《ひざ》をついた。

「――加納さん」

と、南刑事が言った。

同時に、加納も気づいていた。

少女の左手が固く握りしめたままになっている。何か、犯人の手がかりになる物でもつかんでいるかもしれない。

「開けてみよう」

加納は、三田アキの白い手を持ち上げると、指を開こうとして苦労した。硬直してしまっているのか、なかなか開かない。

加納は力を入れて、指を一本ずつ離していった。——すると、突然、

「やめて!」

と、叫んで三田爽子が飛んでくると、娘の体を抱きしめたのである。

「痛がるじゃないの!　指が折れたらどうするのよ!」

と、なじるように言って、アキの死体を抱きしめる。

そのとき、かすかな音をたてて、小さな物がアキの手から落ちた。

「おい。何だ、今さら」

と、南が言うと、加納は落ちたものを拾い上げて、

「いや、したいようにさせとけ」

「しかし——」

「この女にとっても、娘は大事だったのだ。ただ、俺たちとは表現の仕方が違ってるのさ」

加納の口調はやさしくなっていた。

「はあ……」

南は釈然としない様子で立っていたが、

「行こう」

と、加納に促《うなが》されて、そこを離れた。

ゲームセンターの外へ出ると、

「犯人は、あのゲームをやっていて、ふと三田アキがそばに立っているのを見たのかもしれん」

と、加納は言った。

「それで、本当に殺したと?」

「分からんが……。可能性はある」

と、加納が言ったとき、

「──加納さん!」

と、部下の若い刑事が駆けてきた。

「どうした?」

「今、連絡があって、K遊園地で女の子が殺されているのが見つかったそうです」

加納と南は一瞬、目を見交わした。

「K遊園地というと——」

「このすぐ近くです」

「行こう！」

加納がパトカーに向かって急いだ。

その間にも指示を出す。

「——まだ殺されて間もないそうです。たぶん三十分以内とか」

「全部の出入り口を閉めさせろ！　客を一人も出すな！」

加納はそう怒鳴るように言って、パトカーに乗り込んだ。

予感

「きれいね」

と、和智友子《わちともこ》が言った。

「うん……」

畑野《はたの》が、上の空といった調子で肯《うなず》く。

「どうしたの？　大丈夫？」

友子が訊《き》いた。

——二人は観覧車に乗っていた。

二人乗りの小さなゴンドラなので、向かい合って座ると、ほとんど膝《ひざ》を突き合わすようだ。膝がくっつくと、少し照れくさいようだった。

「何ともない」

と、畑野は言った。

しかし、具合が良くなさそうなのは、一目で分かる。やや青ざめて、落ちつかない様子で指先は窓の枠を叩いている。

今、二人のゴンドラは一番高い位置まで上がっていた。――見下ろす遊園地の夜景は、光のレース編みのようで、友子はうっとりと眺めていた。

「ね、本当にきれい！　夜がいいわね、遊園地って」

「ああ、そうだね」

畑野は、気のない返事をした。

友子は、顔に寂《さび》しさが出ないように努力しなくてはならなかった。

分かってくれないのね……。私があなたを愛していることを。

友子の胸が痛んだ。

人生って、どうしてこううまくいかないのだろう？

愛している畑野は何も気づいてくれない。そして――愛していない人から、恋を打ち明けられ、迫られている。

困るのは、その人のことも友子は決して嫌いではないことだ。

そう。――真田《さなだ》さんだっていい人だ。

いや、社内のＯＬの間では、真田は「独身男性のナンバーワン」ということになっている。仕事もできるし、見かけも――映画スターとは言わないが、少なくとも畑野より数等ましである。

しかし、友子は畑野が好きなのだ。

真田ともデートはした。初めてのデートのとき、いきなり抱きしめられてびっくりしてしまった。

同時に、自分のことを思ってくれる真田の気持ちに打たれたのも事実である。

畑野さんは結局私のことを何とも思っていないのかしら……。

いっそ、真田の胸に身をあずけて――とも思う。

待ってくれ、と言ってある。もう少し待って、と。――しかし、それがいつまで通せるか。

「――あら」

と、友子は明るい声を上げた。

「見て。さっきの人たちよ」

ゴンドラは頂点から下り始めて、ちょうど反対側のゴンドラに、さっき〈怪物の館〉で見た一家が乗っていた。

「妙な人たちよね。人は良さそうだけど」

「うん……。吸血鬼みたいなマントをつけた奴だろ」

畑野は少し元気になった様子で、言った。

「外国人ね、ご主人。若い奥さんで。――あら、あの子が手を振ってる」

小さな子が、友子たちの方へ手を振っているのだった。

「——可愛いわね」

「そうだね」

畑野は、少しきまり悪そうに、

「ごめんよ。もう大丈夫だ」

「いいえ。無理に乗せたみたいで……。いやならそう言ってね」

ゴンドラがゆっくりと下りていく。

「あら……。サイレン」

「パトカーだ」

と、畑野が言った。

確かに、道を何台ものパトカーが走ってくるのが見下ろせる。

「ここに停まったわ」

友子は、眉《まゆ》を寄せて、

「何かしら？——お巡りさんが入ってくる」

しかし、ゴンドラはそのとき下へ着いたので、二人は降りなくてはならなかった。

「——あら、真田さん」

観覧車の乗り場から階段を下りると、真田が一人で立っている。

「やあ、どうだった?」

と、真田が声をかける。

「ええ、とてもきれい。――課長さんは?」

「それが、なかなか戻ってこないんだよ」

と、真田は首を振って、

「迷子にでもなったかな? 呼び出してもらおうか」

「まさか」

と、友子は笑った。

「ああ、来たよ」

と、畑野が言った。

課長の谷口《たにぐち》が足早にやってくる。

「――やあ、すまん、待たせて」

谷口は五十近いが、頭がすっかり薄くなっているのを除けば、そう老《ふ》け込んだ感じでもない。

「大丈夫ですか? 汗かいてる」

と、真田が訊く。

「汗? いや、顔を洗ったんだ」

と、ハンカチを出して拭《ふ》く。

「どうも、酔ってジェットコースターなんかに乗るもんじゃないね」

「ごめんなさい。私が乗りたがったから」

と、友子は言った。

「じゃ、引き上げるか」

と、真田が息をついて、

「もし飲み足りないという奴がいれば付き合うけどね」

友子は、真田がチラッと自分の方を見たのに気づいていた。

二人で、どこかへ行こう。そう誘っているのだ。

しかし、友子はそこまでの決心がつかなかった。

そのとき、

「お客様に申し上げます」

と、アナウンスが遊園地の中に響いた。

「お客様に申し上げます。大変恐れ入りますが、少しの間、外へお出にならないでください。――くり返します」

友子は、畑野と顔を見合わせた。

「何かしら?」

いやな気分だった。何か悪いことが起こりそうな予感があった。

「――何だって言ってた？」

と、エリカはタオルで顔を拭きながら言った。

「さあ……」

千代子《ちよこ》は濡れた髪の毛を拭いて、

「ああ、髪がいたんじゃう！」

と、文句を言った。

二人とも、今夜の仕事はすんで、事務室で軽くメークを落としたところである。

「――エリカ！　ね、殺人だって」

と、みどりがやってきて言った。

エリカは一瞬戸惑って、

「本物の殺人？　そういえばサイレンが聞こえてたけど」

「あの〈怪物の館〉のそばよ。建物のかげになってる所で、女の子が殺されてたんだって」

「女の子。――いくつぐらいの？」

「そこまで知らないけど」

エリカは何だか気になった。

あの、エリカが気絶させてしまった男——畑野といったか。あの男は、「十歳くらいの女の子を殺した」と言っていた。

偶然だろうか？

もちろん、あの男の場合はゲームの中身を現実と誤解したのだということだったが——。

エリカは、千代子とみどりへ、

「ごめん。ちょっと、お父さんを捜してくる」

と声をかけて、事務室を出た。

警官が何人か、園内を忙しく歩き回っている。どうやら本当に事件らしい。

夜の遊園地は、家族連れよりも恋人同士という感じの二人組が多い。

父、クロロックたちのように小さい子供を連れた姿は目につくだろうと、その辺の係の人に訊くと、たぶん観覧車だろ、という返事。

そうか。——いくら虎ちゃんが逞《たくま》しくても、年齢制限に引っかかって、少しスリルのある乗り物にはまだ乗れないはずだ。

エリカが足早に観覧車へ向かうと、途中、

「どうして出ちゃいけないんだ？」

と、警官に抗議している客がいた。

「そう時間は取りませんから。少し待ってくださいよ」

と、警官の方は適当にあしらっている。

「こっちは予定ってもんがあるんだ！」

と、男がいきまいているのを、

「課長さん。――少し待ちましょうよ。ね？」

と、止めているのは、さっき畑野を連れていった女性。

和智友子っていったっけ。すると、あれが「課長さん」か。

少し離れて、畑野と真田が立っていた。

「まったく！　何だっていうんだ！」

「課長、仕方ないですよ」

と、真田が声をかけた。

「警察があぁ言ってんですから」

「何があったのか、訊いても何も言わんし、横暴だ！」

と、怒っている。

「女の子が殺されたんですよ」

と、エリカは言った。

「あら、さっきの〈女吸血鬼〉さんね」

と、友子がホッとしたように言った。

「——今、女の子が殺された、と言ったのか？」

畑野が深刻な表情で言った。

「ええ。それで、犯人がまだこの中にいるのかもしれないっていうんで、門を閉めてるんですよ」

「まあ、怖い」

と、友子が言って、ほとんど反射的に畑野の腕に手をかけた。

エリカは、それを真田がチラッと横目で見たのに気づいていた。——どうやら、この三人、ややこしい仲であるようだ。

「それが俺たちと何の関係があるんだ！」

と、「課長さん」が一人で怒っている。

「あの——谷口課長」

と、真田が言った。

「少し待つしかないんだったら、向こうにカフェがありましたよ。そこで座っていましょう。歩いてても仕方ないし」

「うん……。そうだな」

谷口という課長は渋々という様子で、真田に促《うなが》されて歩き出した。

「——私たちも行きましょう。ね？」

と、友子が畑野の腕を引っ張った。

「うん……。しかし、女の子が？　まさかそれも僕がやったんじゃ……」

「馬鹿なこと言わないで！」

と、怒ったように言って、友子は畑野を強引に引っ張っていく。

エリカがそれを見送っていると、

「また何かあったな」

「お父さん！　お母さんと虎ちゃんは？」

「カフェに行った。パトカーが見えたので、来てみたのだ」

クロロックはゆっくりと周囲を見回し、

「夜の中だ。いくら照明はあっても、影はできる」

「どういう意味？」

「明るいほど、その裏側の影は濃いのだ。——現場へ行ってみよう」

クロロックはフワリとマントを翻《ひるがえ》らせて、歩き出した。

ボタン

「あ！」

と、紙コップのコーヒーをテーブルに置いたとたん、安物のテーブルの脚がガタついていて、コーヒーがこぼれた。

「畑野《はたの》さん！　大丈夫？　ごめんなさい」

友子《ともこ》は、あわててバッグからティッシュペーパーを出して、

「ズボンにコーヒーがかかっちゃったわね」

と、拭《ふ》いた。

「いや、大丈夫……。大丈夫だよ」

と、畑野が腰を浮かした。

「でも……。しみになっちゃうわ。ちゃんとクリーニングに出してね」

「ああ。分かった。そんなに心配してくれなくたっていい」

畑野の言い分は、冷淡に突き放すようだった。友子は胸の痛みをこらえて、

「ごめんなさい……」

と、くり返した。

そして、ふと気づいた。——畑野さん、上着の袖口《そでぐち》のボタンが一つ取れてるわ。気がついてないのかもしれない。

でも、そんなことを教えてやれば、またうるさそうにされるかもしれないと思うと、口にできなかった。

「——君も飲めよ」

と、真田《さなだ》が紙コップを友子の前に置いた。

友子は、真田が気をつかってくれていることに感謝した。

「ありがとう……」

真田は、友子の隣の椅子にかけた。

畑野はフッと立つと、カフェの奥の方へ行ってしまう。

——カフェは、ほとんどの席が埋まっていた。警察が駆けつけたのが何のためか、口こみで伝わり、何となく不安になった客たちが集まってきているのである。

「——和智《わち》君」

と、真田が言った。

「友子、でいいわ」

真田がちょっと嬉しそうに微笑んで、

「友子君。――畑野さん、何か苛々《いらいら》してるね。どうかしたのか？」

「さあ……。何も言わないんですもの」

と、友子は肩をすくめた。

「うん……。いい人だとは思うけど、一緒にいると疲れそうだ」

「どういう意味？」

「いや、別に……。特別な意味で言ったんじゃない」

「いいのよ。私も、少し疲れてる」

と、友子はコーヒーをゆっくり飲んで、

「おいしい。――クリームだけにしてくれたの？」

「君はいつもそうだろ？」

真田が、そんなことまで憶えてくれていたということ。――それが友子の胸を熱くした。

「みんな……心配そうね」

心の内を見すかされそうで、友子はわざとらしくカフェの中を見回した。

「あら、あの子だわ」

カフェに、さっきの〈女吸血鬼〉の女の子が入ってきた。

隅の方の席に、「母親」が赤ん坊を抱いて座っているのを見つけてテーブルの間を縫っていく。

「――変わった一家ね」

と、友子は言った。

そこへ、警官が何人か入ってきた。そして刑事と……。

友子がびっくりしたのは、あの子の父親、吸血鬼みたいなマントをはおった男が刑事たちと一緒に入ってきたのである。

「――皆さん、せっかくお遊びのところ、恐縮ですが、お耳を拝借」

その落ちついた、中年の刑事はよく通る声で言った。

客たちのざわつきがスッと潮のように引いた。

「先ほど、この遊園地内で女の子の死体が見つかりました。他殺で、首を絞めたものと見られます」

今度は音にならないざわめきが広まる。

「犯人がまだ遊園地内に潜んでいることも考えられます。今、警官を動員して、園内を捜索中ですので、しばらくここでお待ちください」

刑事の話が一旦途切れたので、あちこちで言葉が飛び交った。すると、刑事が続けて、

「――そして付け加えておくと」

また、中はシンとしてしまう。

「犯人はこの近くのゲームセンターで、別の女の子を殺害してここへ逃げてきたと思われるのです」

友子は、思わず畑野のいる方を見た。

「――その犯人と同一犯人とは限りません。しかし、相手がどちらも十歳前後の少女である点が共通しています。そして、ゲームセンターでの殺人の犯人に関しては、小さなものですが、手がかりがあります」

刑事は、ポケットからビニール袋を取り出してかかげてみせた。

「これは、殺された少女の手の中に握られていたボタンです。犯人の服から取れたものという可能性が大きいと思われます」

友子は、気を失いそうになっていた。自分が真っ青になっていることは分かっている。気が気ではなかった。

「大丈夫か?」

と、真田がそっと訊《き》いた。

「ええ……。ちょっと――貧血を起こしただけなの」

とっさのことで、そう言いわけをしたが、

「そりゃいけない。——刑事さん！」

真田は、友子が止める間もなく、手を上げて言った。

「この人が、気分が悪いと……」

「大丈夫。大丈夫です」

友子は首を振った……。

加納《かのう》刑事は歩み寄って、

「こりゃいかん。真っ青だ」

「私が事務所へ連れていくわ」

と、エリカがやってきて言った。

「ちゃんと横になれる所もあるし」

「よし、私が運ぼう」

と、クロロックが言って、友子を軽々と抱え上げた。

「僕も一緒に——」

と、真田が立ち上がったが、

「女性は女性に任せておくことだ」

と、クロロックは肯《うなず》いてみせ、

「後で迎えに来なさい」

「分かりました」

クロロックは、友子を抱え、エリカと一緒にカフェを出た。

「——すみません」

と、友子はふしぎな快適さを感じながら言った。

軽々と抱き上げられている、という感覚はまるで子供に戻ったような心地好さを、友子に与えた。

「重くないですか？　最近太って……」

と、ジョークさえ言った。

「太ってはおらんだろう。恋の病《やまい》はやせるものだ」

「え？」

「お父さん」

と、エリカがつつく。

「うむ。人の恋路《こいじ》を邪魔する者は、だな」

と、クロロックが笑った。

——事務所へ着くと、エリカが先に立って、奥の「医務室」へ案内する。

そこの固いベッドへ寝かせてやると、

「ありがとうございました」

と、友子は言った。

「少し目を閉じるといい」

と、クロロックはやさしく手を友子の頬《ほお》に当てて言った。

「いえ、眠るわけには……。そんなこと……」

友子の瞼《まぶた》が少しずつ閉じていく。

眠り込むのに、十秒とはかからなかった。むろん、クロロックの力である。

「――お母さんにゃ見せられないね」

と、エリカがからかった。

「さ、出てて。少し胸を開けて楽にさせるから」

「ああ。――お前、見たか？」

「あの畑野って人？　『ゲームセンター』って聞いて、この人に劣らず青くなった」

「そうか」

「それに、袖のボタンが一つ、取れてたよ」

と、エリカは言った。

エリカとクロロックが外へ出ると、

「どうです？」

と、待っていた加納刑事が訊く。

「眠っている。――ひそかに見張らせておいた方がいいかもしれんな」

「分かりました。――おい、南《みなみ》！」

加納は、若い南刑事を呼んで、中の〈医務室〉を見張れと命令した。

「はい…」

南は首をかしげている。――加納がどうしてこの妙な格好の外国人に指示された通りにしているのか、釈然としないのである。

もちろん、クロロックが加納に催眠術をかけているからだが、南にそんなことが分かるわけもない（作者も奥さんの言うことは何でもきくが、別に催眠術をかけられてはいない）。

「――加納さん」

と、若い刑事がやってくる。

「ざっと調べましたが、どこにも犯人らしい人間はいません」

「そうか。――いつまでも客たちを引き止めてもおけんな。全員の連絡先を聞いて、自由にさせろ」

「はい。遊園地はもう閉めさせますか」

加納は腕時計を見て、

「あと一時間ほどだな。開けておいて良かろう」

と言った。


「――課長、何ならもう帰ってください」

と、真田が言った。

「僕らと違って、奥様もお待ちだし。な、畑野」

「――うん？」

ぼんやりしていた畑野は、ふと我に返った様子で、

「ああ、そう。そうだな」

「和智君のことは、ちゃんと送っていきますよ」

「そうか。じゃ、よろしく頼む」

と、谷口《たにぐち》は肯いて、

「お先に」

足早に遊園地の門の方へ歩いていく。

「やれやれ、だな。えらいことになった」

真田は、またにぎやかに回転し始めたメリーゴーラウンドや、ジェットコースターか

ら聞こえてくる叫び声の方へ目をやって、

「よく、またあんなものに乗る気がするね。——どうする？」

「悪いが……。少し待っててくれるか」

と、畑野は言った。

「いいよ。じゃ——そのベンチに座ってる」

「すまん。すぐ戻る」

畑野は、何かに追いかけられているかのように、せかせかと駆け出していった。

人の気配。

そんなもので目を覚ますことがあるとは、友子は思っていなかった。もちろん、いつも家で寝るときのように深く眠っていたわけではないせいだろうが。

目を開けて、一瞬ギクリとした。

じっとこっちを覗《のぞ》き込んでいる畑野の顔が、ほんの二十センチほどのところにあったからだ。

「——起こしちゃったかな」

と、畑野が少し離れて、

「ごめんよ。大丈夫か気になったものだからね」

「いいえ。ありがとう。――もう何ともないわ」

友子は、固いベッドの上に起き上がった。

「いやだ。すっかり眠り込んじゃったのね」

と、照れて笑う。

ドキッとしたのを、畑野に気づかれたかもしれない。そう思って、余計に愛想良くなってしまう。

「警察の人は?」

「ああ、まだいるけど、みんなもう帰ってもいいって」

「そう……。良かった」

良かった? 何が「良かった」ものか。

犯人は捕まっていないのだろうし、それに……。

友子の目は、つい畑野の上着の袖口へと向いた。ほんの一瞬だったのだが、畑野もそれに気づいていた。

「友子君。――分かってるだろ」

と、力のない声で言う。

「え? 何が?」

「とぼけないでくれ。僕は……。このボタンが取れてるのが証拠だ。君だってそう思ってるんだろ」

　友子は、即座に否定できなかった。ためらうのは肯定と同じだ。

「当然だよ。――はっきりして、むしろホッとしてるんだ」

　と、畑野は言った。

「でも……畑野さん。あなた、何も憶えてないんでしょ？」

「ああ……。でも、あの女の子の死体はゲームの中じゃなかったのかもしれない。本当に僕がやったのかもしれない」

「この遊園地でも？」

「憶えてない」

　と、首を振る。

　しかし、友子は観覧車の中での畑野の様子が普通でなかったことを思い出した。

　畑野がゲームセンターを飛び出し、この遊園地へ入るところまでは追いかけてきたのだが、〈怪物の館〉で見つけるまで、時間が空《あ》いた。その間に、もし本当に女の子を絞め殺していたとしたら……。

　分からない。分からない。――畑野さん。あなたは「何者」なの？

「行きましょうか」

　と、友子が言うと、

「一緒に死んでくれ」

と、畑野が言った。

「――え？」

聞き違えかと思った。

「死んでくれ。一人じゃ怖いんだ」

「畑野さん――」

突然、畑野の両手が伸びてきた。それが首にかかる前に、友子は頭を下げていた。

「やめて！　――畑野さん、やめて！」

「お願いだ。死んでくれ！　僕もすぐ後を追う」

畑野が迫ってくる。

「やめて。――だめよ、そんな。やめて！」

友子は、医務室の隅に立って、動けなかった。

「君だけなんだ……。僕のことを分かってくれているのは……」

どうして？　こんなときに、ずっと聞きたかった言葉を聞くなんて！　しかもこんなひどい形で！

「畑野さん！」

目の前に畑野の手が――。

そして、医務室へ飛び込んできた刑事が、畑野を後ろから羽交いじめにした。

「誰か来い！」

と、刑事が怒鳴って、友子に、

「出るんだ！　誰か呼んできて！」

と言った。

友子は、夢中で医務室から駆け出していった。

箱の中の孤独

「信じられないわ……」

と、友子《ともこ》が言って身震いした。

肩をやさしく抱く手があった。真田《さなだ》だ。

パトカーの赤い灯《ひ》が遠ざかっていく。

畑野《はたの》は連行されていった。

「人は、見かけじゃ分からないものさ」

と、真田は言った。

「ええ……」

「帰ろう。送るよ」

一緒に歩き出した友子は、ふと足を止めると、観覧車の方を振り返った。

「ね、もう一度、乗りたい」

「今から？」

「まだ十分くらいあるでしょ」

「いいよ。でも……」

「お願い」

「分かった」

真田は微笑んで、友子の腕を取った。

――つい、二時間ほど前、この同じ観覧車で、畑野と膝《ひざ》を突き合わせて座っていた。

いや、ゴンドラまで同じである。本当だった。友子は、少し汚れた窓ガラスに小さく〈友子〉と指で書いていたのだ。それを見て、同じゴンドラと分かったのである。

偶然ってあるものなのだ。

「大丈夫かい？」

と、真田に訊《き》かれて、

「ええ。ごめんなさい。ボーッとしてしまって」

「当然だよ。君は畑野のことが好きだったんだろう」

友子は黙って真田の目を見た。真田は肯《うなず》いて、

「いいんだ。分かってる」

「どう考えていいか、分からないわ」

と、友子は、窓からはるか眼下に広がる光の列を眺めた。

さっき、畑野と二人でいるとき、同じ風景はうっとりするほどきれいだったが、今はただ「小さな光がつながっているだけ」にしか見えない。

「ずっと……あの人のことが好きだった。それなのに……。あの人は私を殺そうとするときになって、初めて言ったのよ。『僕のことを分かってくれてるのは君だけだ』って。そう思ってたのなら、もっと早くそう言ってくれたら良かったんだわ。そしたら、あの人もあんなことしないですんだのかもしれない……」

いつの間にか、涙が溢《あふ》れた。急いで手の甲で拭《ぬぐ》うと、

「さ、これで――」

真田が自分のハンカチを出して、手を伸ばし、友子の涙を拭《ふ》いてくれる。

友子はほとんど無意識に真田の手を取って、頰《ほお》に押し当てた。

真田が腰を浮かすと、友子にキスした。

「――危ない！」

ゴンドラが揺れて、友子は思わず声を上げた。

「ごめんごめん」

と、真田は座り直して、

「中じゃ立っちゃいけないんだな」

「ちゃんと書いといてくれなきゃね」

と、友子は笑って、

「〈この中ではキスしないでください〉とでも」

「笑ったね。良かった。ホッとしたよ」

真田は、上着の裾《すそ》を引っ張って、しわを伸ばした。

その拍子《ひょうし》に——友子は気づいた。上着のボタン。前のボタンが……。

「ボタン——」

と、つい口に出していた。

「ボタン?」

真田が自分の服を見下ろして、

「ちゃんとついてるよ」

「ええ、でも……。下の方のボタン、違ってるわ、上のと。上より小さい」

似ているが、大きさが少し違う。どうしてそんなことに気がついたのだろう。

「でも、どうってことじゃないのよ」

と、友子は急いで言った。

「下へ着いたら、刑事にそう言うのかい」

真田の口調が変わった。

「私、別に……」

ゾッとした。冷たいものが背筋を駆け抜ける。真田の表情は別人のように冷ややかになっていた。

「真田さん……」

「どうして君はそう目がいいんだ？　気がつかなきゃ良かったのに」

「ね、やめて」

聞きたくない！　そんなことって、ひどすぎるわ！

「前のボタンが一つ取れてたんでね、つけ直したのさ」

と、真田は言った。

「袖口《そでぐち》のボタンを一つ取って、それをつけた。そして袖口はもともとボタンが三つずつだったんで、もう一方も一つ取って、二つずつにしておいたんだよ」

「でも……」

「器用だろ？　それくらいのこと、簡単さ。一人で課長を待ってるとき、通りかかったOLらしい子に、糸と針、あるかって訊いてね。ほんの二、三分でやった。ちゃんとついてるだろ？」

「ええ上手ね」

「どこで取れたのか、よく憶えてなかった。ゲームセンターで女の子を殺したときかな、とも思ったけど……。はっきり分からなかったんだ」

友子は青ざめていた。

「どうして……。そんな小さな子を」

「僕にもどうしようもないんだよ」

と、真田は言った。

「小さな子にしか関心が持てない。君が初めてなんだ。大人の女性で、付き合いたいと思ったのは。でも、あそこでゲームをやって、頭に血が上ってしまった。次に畑野がやっている間に、そばにいた子を奥へ連れていった……」

「やめて、やめて！」

と、友子は顔を伏せた。

「騒いだんだ。泣きだして、止《や》めなかった。だからつい、殴りつけてしまった……」

「真田さん……」

「ここでも、よく似た子がいてね。その子はいい子に見えた。でも——」

「もうやめて！」

真田は、窓の外に目をやった。

「一番高い所だ。他のゴンドラからも見えない。誰も僕らのことなんか見ちゃいないよ」

真田が腰を浮かすと、ゴンドラがまた揺れる。

「君はおとなしくしててくれるだろ？」

真田の手がゆっくりと友子の首へ伸びてくる。友子はこれが夢に違いないと思った。

そうよ、夢だわ。

「君のことが好きだったのに——」

真田の手が友子の首にかかる。

そのとき、

「好きなら殺してはいかん」

と、声がした。

「誰だ？」

真田は左右を見回した。といっても、小さなゴンドラで、誰もいるわけがない。

真田は、キョロキョロと左右を見回した。すると——。

「自分で罪を償《つぐな》うのだ」

と、声がしてクロロックの顔が窓の外に、しかも上から逆さに現れたのである。

「キャッ！」

と、友子が思わず叫ぶ。

「何だ、貴様！」

と、真田が目をむく。

「罪を悔いて、自ら死を選ぶ。それが一番いい方法だ」

と、クロロックは言った。

「ふざけるな！」

「ではやむをえん」

ゴンドラがグラッと揺れた。腰を浮かしていた真田が扉にぶつかる。そして外からしか開かない扉が、ガラッと開いたのである。

友子が息を呑《の》んだ。

真田は、よりかかっていた扉が開いて、何かにつかまる間もなく、落ちていった。

声もなく、スッと消えたのである。

呆然としている友子の前に、ゴンドラの屋根からスルリと下りてきたのはエリカだった。

「あなた……」

「あの人は一人で別のゴンドラに乗ってたんです」

「え？」

「そして、罪の重さに堪《た》えかねて飛び下りたんですよ」

友子は黙って肯いた。

「――お父さん、大丈夫？」

と、エリカがクロロックに声をかける。

「ああ。屋根の上も、なかなかいい眺めだ」

クロロックが窓に逆さに顔を出したまま、呑気《のんき》に言った。


「――畑野さん」

観覧車を降りた友子を、下で畑野が待っていた。

「許してくれ。自分でも何だか分からなくなって……」

と、うなだれている。

「いいの。いいのよ」

友子は、畑野の腕をしっかりとつかんだ。

「もう離さない」

「君……。いいのか、僕なんかで」

「ええ。だって、取れたボタンをそのまま放っといたりするからいけないのよ。ちゃんとつけてあげる人が必要だわ」

やっと畑野の顔に笑みが浮かんだ。

「――ありがとう！　でも……もうこれは勘弁してくれよ」

と、観覧車を見上げる。

「嫌いなの？」

「高所恐怖症なんだ、僕は」

それで、ゴンドラの中であんなに妙な様子だったのか！

「言ってくれりゃいいのに」

「だって……情けない奴だって思われそうで」

友子は、黙って畑野の肩に頭をもたせかけ、一緒に歩いていった。

――エリカとクロロックはそれを見送って、

「いつも、恋が叶《かな》うのは楽しいものだ」

「そうね。ちゃんと自分の気持ちを言えばいいのよね。女だからって待ってないで」

エリカは伸びをした。

そこへ、

「あなた！　虎《とら》ちゃんが寝ちゃったの。抱っこして！」

と、涼子《りょうこ》の声が飛んできて、

「はいはい」

と、クロロックが駆けていく。

ちっとも「待ってない女」もいるのだとエリカは改めて思った。

「――や、どうもご苦労様でした」

あの加納《かのう》という刑事がクロロックに敬礼したりしている。

お父さんたら、催眠術かけたままで！

エリカは、どうせなら若い方の刑事にかけてほしかったわね、と思った。

何でも言うこと聞く間に、ボーイフレンドにしちゃえるのに……。

エリカは、父たちの後を追って急いで歩き出した。

遊園地の灯《ひ》が、やっと消えていこうとしている……。

吸血鬼の祭典

社長決裁

エリカが〈社長室〉と書かれたドアを開けたとたん、

「それは絶対にできん！」

という、父、フォン・クロロックの厳しい声が飛んできた。

「――おお、エリカか」

「お邪魔？」

と、エリカは、クロロックを前に、押し黙っている三人の男たちを見て言った。

「いや、構わん。お前にも立ち会ってもらいたい。クロロック商会の運命がここにかかっておるのだ」

ご承知とは思うが、フォン・クロロックは由緒正しき吸血鬼一族の一人。しかし、今は日本に住んで、このクロロック商会の社長というビジネスマンでもある。

社長といってもオーナーではなく、雇われ社長。業績が悪ければ、当然クビということもあり得る。

「お父さん……。いよいよ危ないの？」

と、娘の女子大生、エリカが訊《き》いた。

「危ない？」

「会社、潰《つぶ》れそうなの？」

「何を言うか！　クロロック商会は不滅だ！」

何かというと、すぐ芝居がかってしまうのが、クロロックのくせ。ま、人間とは比べられない長生きをしてきたのだから仕方あるまい。

「――それです！」

と、突然三人のうちの一人、何だか珍妙な服装の男が言った。

「それ？」

「今の社長の、『不滅だ！』とおっしゃったときの身ぶり手ぶり。それこそ、我々の求めているものです！」

エリカは混乱して、

「この人たち、何？」

「CMの製作をしているプロダクションの人間たちだ。――娘のエリカだ」

「や、これはお美しい！」

「気品がありますね」

「やはり血は争えない」

エリカは唖然《あぜん》とするばかりだった。

——話を聞いて、やっと理解したのは、クロロック商会のＴＶＣＭを作って流そうということになり、その打ち合わせをやっているうち、プロダクションの方で、

「ぜひ、社長のご出演を！」

と言いだしたのだという。

「私も、社長として、我が社のＰＲに一役買うことは、何ら異存ない。しかし、この格好で吸血鬼の役をやれと言うのだ。それはできん」

クロロックは首を振って、

「それらしい役者を見つけてくれれば良かろう。ともかく、私はそこまでやる気はない」

エリカとしても、父の気持ちは分かる。ただ単に、社長として出るのならともかく、「吸血鬼の役」で、というのは、本物のプライドが許さないのだろう。

プロダクションの三人は、困った様子で黙り込んだ。

エリカは、いつまでたっても話がすみそうにないので、

「どんなアイデアなんですか」

と、訊いてみた。

「これがラフスケッチです」

と、一人がサラサラと描いた感じのＴＶ画面の流れを見せて、

「美少女に迫る吸血鬼の影。夜の墓地。狼の遠吠え。こういったロマンチックな雰囲気で押していって、少女が『キャーッ』と悲鳴を上げる。吸血鬼がパッとマントで少女を覆《おお》うと、そのマントに〈クロロック商会〉という文字が入っているんです。そして吸血鬼は、ニヤッと笑い、『美女の血より、クロロック商会！』というセリフでしめます」

それにしてもつまらない。

エリカは、やはりやめた方がいい、と思った。

「いや、もちろん、これはあくまで基本プランですから。いろいろこれから練っていくんです。しかし、ともかく出演する子を押さえておきませんと。今は売れる子を押さえるのが大変なんです」

と言ったのは、一番年長の阿部《あべ》というプロデューサー。

これはごく普通のスーツ、ネクタイという格好だった。

「美少女って、誰なんですか？」

「今、山中美由《やまなかみゆ》を押さえてあるんです！」

と、ディレクターの山代《やましろ》という、派手な格好の男が得意げに言ったが、

「――それ、誰です？」

エリカはTVをあまり見ていないのである。

「は……。この子です」

と、写真を取り出す。

なるほど、可愛い子である。可愛いだけ、ではあるが。

「今、十七歳。まさに上り調子なんです」

と、阿部が口添えする。

「この子は……」

と、クロロックは眉《まゆ》を寄せて、

「プリンのCMに出ている子か？」

「そうです！　あの馬鹿でかいプリンの中で泳いでる、という……」

「あれはひどい」

と、クロロックは言った。

「この子の良さがまったく活《い》かされておらん」

よく知ってるわね、とエリカは言いかけてやめた。

何しろ、クロロックの後妻になった涼子《りょうこ》はエリカより一つ年下ときている。そして凄《すご》いやきもちやき。

クロロックが若い女の子相手にヘラヘラしていようものなら、可愛い虎ノ介《とらのすけ》をけしか

けて、

「かみつけ！」

と、クロロックの大事なマント（これがないと格好がつかない）をかじらせたりするのである。

つまり、クロロックとしては安心して見られる「可愛い子」はＴＶの中だけ、ということになるのだろう。

「──よくご存知で！」

と、阿部が言った。

「そうなんです。あのＣＭは、山中美由の魅力をまったく活かしていない。我々の力で、ぜひあの子の良さを引き出してやりたいと……」

「それはよく分かる！」

と、クロロックが乗ってきて、エリカは心配になり、

「お父さん──」

と、脇腹をつついたが、すでに遅く、

「人助けなら、勇気をふるい起こしてもしなければならん！　うむ、山中美由とのＣＭに、私も出てやろう」

と、クロロックは言ってしまった。

「本当ですか？　それはありがたい！」

と、阿部がパッと顔を明るくする。

「では、その線で話を進めます。よろしいですね？」

と訊かれて、クロロックは、

「吸血鬼に二言はない！」

と言い切ったのである。

「――良かった。良かった」

プロデューサーの阿部が、もう一人の猪谷《いがや》という若い男に肯《うなず》いてみせると、早速契約書が出てきて、

「では、これに印を」

とテーブルに置く。

クロロックが、すぐにも押印《おういん》してしまいそうなので、エリカはあわてて、

「でも、そういうものは弁護士さんと相談してからってことになってたでしょ」

と、クロロックの足をグイと踏みつけて言った。

「いてて……。うむ……。そうそう。そうだった！」

クロロックも、さすがにハッとしたらしい。

「――分かりました」

と、猪谷という男は無理は言わず、

「では、置いていきますので、ぜひご覧ください」

「分かった。近々返事をする」

「CMの撮影スケジュールについては、お電話を入れます」

と、山代ディレクター。

「きっとすてきでしょうね」

と、エリカはにこやかに言って、その三人の客を送り出した。

「――お父さん、後が怖いよ」

と言うと、クロロックは、

「今の男たちの誰かから、かすかに血の匂いがした」

と、真顔で言った。

「え？」

「エリカ。ちょっと連中の話を聞いてきてくれんか」

「分かった！」

エリカは急いで社長室を出た。

吸血族の血を受け継ぐエリカは、聴覚も人並み外れたものを持っている。

あの三人が、まだエレベーターの前で話しているのを聞くことができた。

「――やれやれ、もう少しだったのにな」

と、阿部が言った。

「いや、大丈夫。あれなら心配ないよ。相当軽いもんな。特に頭の中は」

と、山代が笑っている。

「あんな格好して仕事してるんだからな」

と、阿部は肯いて、

「猪谷。山中美由の方、頼むぞ」

「任せてください。あの子のわがままも、今はほとんど通りますから」

「そうか……」

阿部はホッと息をついて、

「しかし、いつもアイドルってやつには手を焼くな」

「男に狂うにしても、『血を吸われたい』ってんじゃ、困っちまうよ」

山代が首を振る。

「このＣＭの話には、すぐ乗ってきますよ、ですから」

猪谷が請《う》け合った。

エレベーターが来て、三人はその中へ消えた。

エリカは、ちょっと考え込むと、

「可愛いアイドルも、一筋縄じゃいかないらしいわ……」

と呟《つぶや》いたのだった。

仮面

「ほらほら」

と、女の子につつかれて、

「何だよ」

と、輝夫《てるお》は振り向いた。

「来てるわよ、あの子」

「——誰のことだ?」

すぐに分かったけど、飛びつくように捜すのもみっともないというので、分からないふりをした。

「ほら、山中《やまなか》美由《みゆ》とよく似てるって子」

言われて、その子の視線を追うと、本当にその少女が落ちつかない様子で、他の客の間をやってきた。

「あれ、俺のこと捜してんだぜ」

と、輝夫は言った。

「どうだか。行って訊《き》いてみたら？」

「ああ、訊くとも」

女の子の手前、そうしないわけにいかなくなってしまった。

ライブハウスの中は、ともかく年中人とぶつかっている状態。人をかき分けて歩くのも楽じゃなかった。

本間《ほんま》輝夫は、その少女を何とか見失わないように、じっと目を離さずに進んでいった。

本当に――あの子、山中美由と似てるな、と思う。

一週間ほど前、あの少女にここで会った。

「山中美由じゃない？」

と、輝夫と一緒に来ていた女の子たちも騒いだのだが、当人は、

「よく間違えられるんです」

と、ぼんやり笑っていた。

そう言われてみると、少し違うようでもあったが、でも……。

今見ると、やはりよく似ている。

別人かも、と思ったのは、ＴＶで見るときには笑顔でいることが多いのに、今はほとんど無表情でいるせいだろう。

誰かを捜してる。——誰を？

ま、輝夫でないことは確かであるが。

やっとの思いで辿り着き、少女の肩を叩くと、

「君。——ね、君！」

「——何ですか？」

と、どう見ても輝夫のことは憶えてない。

がっかりしながらも、仲間の女の子たちが注目していることは分かっているので、

「この間、ここで会ったろ？　ね、君のこと、山中美由じゃないかって言った……」

「ああ。——そうでしたね」

良かった！　思い出してくれた。

「今日も一人？　君、いつも一人なんだね」

「いえ……。人を捜してるの」

と、少女は言った。

「一緒に捜してあげようか？」

輝夫のその言葉は、少女を微笑ませた。

「ありがとう。やさしいのね」

——やっぱりこの笑顔！　山中美由だ。

輝夫は確信した。

「どんな人を捜してるの？」

と訊くと、少女はふしぎな目で輝夫を見ていたが、

「――いいわ、あなたでも」

と言った。

「え？」

「あなたなら、私のお願い、聞いてくれそうだから」

輝夫は舞い上がった。そのまま空中散歩でもしそうだった。

「何でも言ってくれよ！」

と、胸をドンと叩いてむせ返ったりしている。

「二人きりになれる所へ行きましょ」

「あ……。いいけど……」

「ね。どこでもいいから。知ってる所に連れてって」

と、少女の方が引っ張るので、輝夫は困ってしまった。

しかし、今さらいやだなんて言えるか？

輝夫は、彼女を連れて出るのがいやなのじゃない。どこかに入るとすると、少々ふところが寂《さび》しかったのである。

「待ってて。一緒に来てる連中に、断ってくるから。ね？　ここにいて！」

「うん」

と、少女は肯《うなず》いた。

人の間をかき分けかき分け、オリンピックの水泳並みの勢いで女の子たちの所へ戻ると、事情を話して、

「お願い！」

と、手を合わせた。

「情けないなあ。ホテル代くらい、持ってなさいよ」

と、文句を言いつつも、

「——じゃ、頑張んのよ！」

と、励まされて（？）、お金も貸してくれる。

持つべきものは友である。

輝夫は、山中美由——あるいは、そっくりな少女と二人、ライブハウスから早々に抜け出した。

「——やれやれ、暑いね」

と、外へ出て、ホッと息をつく。

「早くどこかへ連れてって！」

と、せがまれて輝夫もあわてた。

「分かった！　分かったから——。ね、どこにしようか？」

少女はムッとして、

「どこでもいいって言ったでしょ！」

と怒りだした。

「つまらない！　さよなら！」

突然、駆け出していってしまったので、輝夫はあわてた。

「待ってくれ！」

と、ワンテンポ遅れて、輝夫は少女の後を追っていった。

少女の足も速かったのかもしれないが、輝夫が若いくせに運動不足というのも確かだった。

なかなか少女に追いつけない。

ハアハア息を切らしつつ、それでも、公園の中へ駆け込んで、さて——。

「どこだ？」

確かに、この中へ入ったのだが。

輝夫は、急に走ったので、いささか貧血気味でフラフラしながら、公園の中を歩き出した（作者も今、寝不足でフラフラしながら書いている）。

公園といっても、そう広くない。道は一本だけで、木立の間を辿っていくと、先の方に、あの少女の後ろ姿が見えた。

やれ、良かった！

これで見失っていたら、二度と会えないだろうからな。

「――ね、君！」

と、汗を拭《ふ》きながら、

「足、速いね！　――怒らないで。ね？」

少女の肩に手を置くと、

「じゃあ、行こう。――ね、可愛いホテルがこの近くにあるんだ……。ああ苦しい」

背を向けたまま、少女はクスッと笑った。

「ごめんよ。君みたいに可愛い子から誘われるなんて、まずないことだからな。すっかり面食らっちゃったんだよ」

「――いいわ」

少女は振り向きもせずに言った。

「じゃ、ここでキスして」

「ここで？　――いいよ」

「私の方からするわ。目をつぶってて」

「うん……。じゃ、待ってるよ！」

輝夫は目をつぶって、軽く唇を突き出した。

少女は、ゆっくり振り向くと、

「目を開けないでね」

と言って、ゆっくり輝夫の背中へ手を回した。

少女の体が押しつけられてくると、輝夫はゾクゾクした。

「目をつぶっててね……」

少女の声が、何だか少し違うように聞こえたが、すぐそばで聞いてるせいかな、と輝夫は思った。

そして――輝夫の首筋に、突然鋭い歯が突き刺さった。

輝夫は叫び声を上げた。血がふき出すのを感じた。――何だ、一体？

どうしたっていうんだ？　こんなことって――。こんなこと……。

輝夫はもがいた。しかし、輝夫をしめつける少女の腕の力は、まるで太いロープでくくり上げられるようで、まったく身動きがとれないのだ。

頭をのけぞらせて、輝夫は、

「やめてくれ！」

と叫んだ。

すると、少女がパッと首筋から顔を離した。街灯の薄明かりの中、鋭く尖《とが》った歯をむき出して、口の辺りをべっとり血で汚した顔はまったく別人のようで、輝夫の想像を超えた恐ろしさ。

「ワーッ!」

と、かすれた声で悲鳴を上げると、輝夫はそのまま気を失ってしまったのだった……。


「——輝夫。——輝夫ってば!」

揺さぶられて、深い水の底からでも引っ張り上げられるように、徐々に輝夫は目を覚ましていった。

「ああ……。何だ? 俺……死んだのかな」

と、ボーッとした頭で思っている。

「しっかりしてよ! みっともない!」

「え?」

視界がはっきりすると、あのライブハウスに一緒に来ていた子の一人、川口幸代《かわぐちさちよ》。あの少女を連れて出るのに、金を貸してくれた子である。

「幸代か……。俺……どうしたんだ?」

「こっちが訊きたいわね。身ぐるみはがれて。追いはぎにでもあったの?」

身ぐるみ……。

やっと頭がはっきりしてきた輝夫は、自分が何とパンツ一つの裸で道に寝ていたことに気づいて、あわてて起き上がった。

「俺の——俺の服は？」

「私が知ってるわけないでしょ」

と、川口幸代は顔をしかめて、

「ライブハウスの帰りに、この公園の前を通りかかったの。そしたら何か白いものが見えてさ、どうも誰かが倒れてるみたいだから、来てみたら輝夫じゃないの。びっくりしたわよ」

「俺だってびっくりしたよ。——ハクション！」

急に寒さが身にしみてくる。

「そのなりじゃ、風邪ひくわね。それに、帰るに帰れないよね」

「うん……。今、何時だ？」

「午前三時。——どうしようか」

「な、頼む。何か着る物……」

「分かってるけど、どこで手に入れるの？」

幸代はため息をついて、

「しょうがないな！　待ってて。何とか捜してくるわよ」

幸代ははおっていたコートを脱ぐと、

「これ、着てて。だいぶましでしょ」

「ありがとう……。幸代、お前ってやさしいな」

「何よ、取ってつけたように」

と、幸代が頬《ほお》を染める。

「俺……てっきり死んじゃうのかと思った。だって、ここで――」

「話は後。誰か通りかかると困るわね。裸足《はだし》だし」

幸代は、左右へ目をやって、

「どこか、木のかげか植え込みの向こうに隠れてて。いいわね！」

と言っておいて、小走りに公園を出ていった。

輝夫は、言われた通り、茂みの奥へと入っていった。

「幸代、悪いな……」

と、思わず手でも合わせかねない。

川口幸代は同じ大学の一年下の二年生。

こんな時間まで遊んでいたりするが、頭のいい、しっかりした女の子だ。見た目はちょっと垢抜《あかぬ》けなくて地味だが、自分が派手な格好をしても似合わないということをよく知っており、雑誌のグラビアをそっくり真似したりする子よりも、ずっとスマートに見えた。

本間輝夫は、幸代と何となく気軽にしゃべれて友だち付き合いだが、「恋人」というわけじゃない。

それにしても……。あれは何だったんだ？

茂みのかげに座り込んで、寒さで立てた膝《ひざ》を抱え込んで震えながら、はおったコートを、できるだけ隙間《すきま》なくきっちりとかぶった。

あの少女。――山中美由とよく似た子は、確かに輝夫の首筋にかみついてきた。

血がふき出し、あの子は口の周りを血だらけにして――。

自分でも、夢を見たのかと思ってしまう。

だって、もし本当なら、首筋に傷があるはずだ……。手で探ってみて、一瞬、息が止まった。

その辺りに、確かに傷跡らしいものがある。でも――本当の傷なら、そんなに簡単に治るわけもないし……。

あれは現実だったのか？　たぶん、誰も信じてくれないだろう。

吸血鬼……。そう、あれは吸血鬼そのものだった。

――何だろう？

茂みの下から何かはみ出して見えるものがある。街灯の明かりが届かないのでよく見えないが。

そっと手に取ってみると、それは〈仮面〉だった。

よくヨーロッパの宮殿なんかで〈仮面舞踏会〉を開くとき顔につけるような、メガネを大きくしたような形のもの。

これ……何だろう?

何となく気になった。もちろん、今夜のできごとと関係あるかどうかは分からなかったが。

幸代……。早く戻ってきてくれよ。

だんだん体は冷えてくるし、心細くなるし、輝夫は祈るような思いで、幸代が戻るのを待ちわびていた……。

隠れた目

「ねえ、ちょっと」

と、甲高《かんだか》い声がスタジオの中に響くと、居合わせたスタッフがギクリとして、動きが止まった。

「本番中です！」

と、誰かが腹立たしげに言ったが、

「だから何なの？」

と、その女は負けていない。

「お母さん」

と、山中美由《やまなかみゆ》が言った。

みんなが顔を見合わせる。——これか。

「これはどうも」

と、急いで駆けつけてきたのはプロデューサーの阿部《あべ》である。

「わざわざおいでいただいて」

「阿部さん。何よ、この場面」

と、美由の母、山中聡子《さとこ》はスタジオ内に組まれたドラマのセットを指して、

「うちの子が全然画面に出ないじゃないの」

「いや、そんなことは……。ともかく、今は相手役の見せ場でしてね。美由ちゃんはこの後にちゃんと一番いいところがとってありますから」

と、阿部が説明する。

「後の場面がどうでも関係ないでしょ。みんな、美由を見たがってるの。分かる？　相手が誰だっていいじゃないの。しゃべってる人を映してなきゃいけないって決まりはないでしょ。聞いてる美由を映せばいいのよ」

「ごもっともで」

と、阿部が頭を下げ、

「ディレクターにそう言いましょう。何しろこのドラマの視聴率のためには、美由ちゃんを大事にしませんとね」

「そうそう。じゃ、ちゃんとプランを練ってね。その間、美由は休憩させますから」

聡子が、セットの中で困ったように突っ立っている美由を手招きして、

「いらっしゃい。少し休憩よ」

誰もが呆気《あっけ》に取られて、「勝手に休憩にしてしまう母親」を眺めている。

「あの、すみません」

と、小柄な女性が駆けてくると、

「美由ちゃん、後の仕事がつかえてるんです。ここは早く終わらせたいんですけど」

「鈴村《すずむら》さん」

と、聡子は言った。

「私はね、休憩って言ったのよ」

「――はい」

と、鈴村祐美《ゆみ》は言った。

「何とか調整します」

「それがマネージャーの仕事でしょ」

祐美が急いで駆け出していくと、

「お母さん……」

と、美由がやってきて、

「あんまり無茶言わないで。他の人に悪いわ」

「何を言ってるの。あんたのおかげで出てられるのよ、みんな。気にすることないのよ」

聡子は全然構わずに、

「誰か、お茶！」

と大声で言った。

——誰もが、「お茶に一服盛ってやろうか」と思っていたことは間違いない。


クロロックは、すれ違った若者の方を振り向いて、足を止めた。

「——クロロックさん、どうぞ」

と、促《うなが》したのは猪谷《いがや》である。

「や、失礼」

クロロックは肯《うなず》いて、猪谷についてTVスタジオの中を歩いていく。

今日は、かのアイドル、山中美由との顔合わせ。クロロックも、蝶ネクタイなど少し洒落たものに替えていた。

ついでながら、エリカもそばについていて、誰か知ってるタレントでもいないかとミーハーな視線をあちこちへ向けていた。

「エリカ」

と、クロロックは小声で、

「今すれ違った若者の後を尾《つ》けてくれ」

「今の？　——うん」

　エリカは、小さく肯いて、クロロックから離れた。

　何だろう？　後を尾けろと言われても、それだけじゃ何だか分からない。

　少し急いで、その若者が見える所まで追いつくと、足どりを緩めた。

　スタジオの玄関内のロビーには、何の番組なのか、高校生ぐらいの女の子が十人近くも集まっていて、えらくうるさい。

　その大学生らしい若者は、ちょっとロビーに入る所で立ち止まってためらっていた。

「輝夫《てるお》」

　と、やはり大学生らしい女の子が声をかけ、

「幸代《さちよ》……。何してるんだ？」

　と、彼の方がびっくりしている。

「何してる、じゃないでしょ。大学、どうしたのよ。ずっと休んでて。心配したわよ」

「子供じゃないんだぜ」

　輝夫という男は苦笑して、

「放っといてくれよ。俺、用事があるんだ」

「輝夫。——山中美由に会いに来たんじゃないの？」

　輝夫がギクリとしたのは、相手の言葉が当たっていたからだろう。

「お前には関係ないんだ」

「あんたの方になくても、こっちにはあるの！」

幸代という女の子、話の具合では、あの山中美由と何か係わりがあるらしい。

「輝夫、本当に山中美由と口でもきいたの？　付き合ってくれるとでも言ったの？」

と、幸代は輝夫の腕をしっかり捕まえて問い詰める。

「そんなんじゃないんだ」

と、輝夫は首を振り、

「もう帰れよ。ここにいると危ない」

「危ない？　危ないって、どういう意味よ」

幸代は、ますます心配になったようで、

「何があるっていうの？　――輝夫！」

「放っといてくれ！」

と、輝夫は、幸代の手を乱暴に振り切ると、ロビーの人ごみの間をかき分けて行ってしまった。

幸代は後に残って、がっくりと肩を落とすと、

「輝夫の馬鹿！　もう知らないから！」

とは言いながら、帰るでもなく、そばのベンチに腰を下ろして深くため息をつく。

「——失礼」

エリカの声に、幸代は顔を上げ、

「何か？」

と、仏頂面《ぶっちょうづら》を向ける。

「今のお話、そこで聞いてたんだけど、詳しいことを聞かせてくれない？」

「立ち聞きしたの！」

「怒らないで。聞いたんじゃなくて、聞こえたの」

と、エリカは訂正して、

「山中美由がどうしたっていうの？　今日、私と父が仕事で彼女に会うことになってるんだけど……」

幸代は、エリカの話を信じていいものかどうか、迷っている様子だったが、

「いいわ。あなた、いい人みたい」

「そりゃそうよ」

エリカの言葉に、幸代は笑ってしまった。

「——本当にね、馬鹿げた話なの」

「というと？」

「山中美由は吸血鬼の話が大好きだって、知ってる？」

「この間、あるライブハウスで、私と輝夫、他にも何人かの友だちがいたんだけど、遊びに行ってるとき、山中美由とそっくりの子がいたの。輝夫は——本間《ほんま》輝夫っていうんだけど、あの子。山中美由がもともと好きだったんで、早速声をかけたわけ……」

幸代は、熱心に語り始めていた。

「聞いてるわ」

「こちらが、今度ＣＭで共演される、フォン・クロロック社長！」

と、猪谷が紹介した。

クロロックがマントの片方をパッとはね上げるようにして、

「お初に」

と、軽く肯くと、アイドルは白い頬《ほお》を紅潮させて、

「まあ！　——お目にかかれて光栄です」

と、少し上ずった声。

だが、一緒にいた母親の方は、クロロックのマントなどには一向に感心する様子もなく、

「娘は一流タレントなんです。お宅のような無名の企業のＣＭに出るのは、本来でしたらお断りするところなんですよ」

と、言いたいことをずけずけと言う。

「お母さん、失礼よ」

「私は正直なだけよ」

と、誠に正直なことで、

「ま、仕方ありません。この子がどうしてもやりたいと言うものですから、ボランティア活動だと思っています」

どうやら、この山中聡子の遠慮のない口のきき方には、相手が腹を立てて、「やめる！」と言いだすのを期待している気配があった。

しかし、結果は期待外れというもので、クロロックはニコニコしていて、

「まあ、よろしく」

などと言っている。

「収録は来週、このスタジオです」

と、猪谷が言った。

「見ててください。アッと驚くような古城のセットを作ってみせます」

「楽しみだわ！」

と、山中美由は胸に手を当てて、

「吸血鬼に襲われる美女！　やってみたかったの！」

「あんたは本当に変な趣味ね」

と、聡子が呆《あき》れて、

「ク、ク、クロックさん」

「私は『時計』ではなく、クロロックです」

「どっちでもいいわ。撮影のときでも、娘に手を触れないでくださいね。男は近づけないことにしていますの」

「失礼ですが、それは無理というものでしょうな」

「それはどういう意味？」

「人間、誰しも青春の時を迎えれば恋をするのが自然というもの。自然の力に逆らうと、いいことは起こりません」

「それを大きなお世話と申しますのよ」

「お母さん！」

「じゃ、ここはもうすんだのね？　鈴村さん！」

「はい！」

と、マネージャーが飛んでくる。

「出かけましょ。仕度はいいの？」

「車を玄関へ回します」

と、また駆け出していく。

「マネージャーというのは、足が丈夫でないと、もたんな」

と、クロロックが感心している。

「我々も玄関まで、我らのプリンセスをお送りしよう」

聡子は、ちょっとうさんくさい目つきでクロロックをにらんだが、だめとも言えず、さっさと歩き出した。

「——すみません、母が失礼なことを」

と、クロロックと並んで歩きながら美由が言った。

「いやいや、長生きすると、少々のことでは腹を立てんようになる」

と、クロロックは言った。

「でも……。母のおかげで評判が悪くて。辛《つら》いんですけど」

「母娘は母娘」

「そう……。そうなんです」

と、美由は肯いて言った。

スタジオの玄関辺りには、女子高校生らしい女の子たちがガヤガヤやっている。

「——あ、山中美由！」

一人が目ざとく見つけると、たちまち大騒ぎになってしまう。

「どいて！　ちょっと！」

と、マネージャーの鈴村祐美が必死で女の子たちをかき分け、押し戻して、

「急ぐの！　次の仕事があるから！　――急いで車に！」

美由が、玄関の扉へと駆け出していく。

そこへ――隠れていた本間輝夫が飛び出した。

手にはナイフを握って、美由へと襲いかかると、一気にその刃《やいば》を少女の白い喉《のど》へと突き立て、血がふき出して――となるところだったろう。

しかし、実際には、輝夫が飛び出そうとしたとき、ぐいとえり首をつかまれ、凄《すご》い力で引き戻されてしまった。

引っくり返った輝夫が、あわてて起き上がろうとすると、

「ごめんね」

と、ひと言、エリカの拳が輝夫の顎《あご》に一発、みごとなアッパーカットを食らわし、輝夫は大の字になってのびてしまったのである。

みんな、山中美由に気を取られていたので、この出来事に気づいた者はほとんどいなかった。

「――これ、あなたが持ってて」

と、エリカがナイフを拾い上げると、唖然《あぜん》としている川口《かわぐち》幸代に手渡す。

「あ、お父さん」

と、クロロックがやってくるのを見て手招きする。

「おお、ご苦労だった」

「この人、ちょっと運んでくれる？」

「いいとも」

ヒョイと片手で、輝夫のズボンに手をかけて持ち上げると、

「生ゴミかな？」

「捨てないでください！」

と、幸代はあわてて言ったのだった。

男と女の事情

いくら「仕事」だって言われてもなあ……。

おぶっているのは、五つや六つの子供ではない。大の大人――それも女である。

若い、若い、って言われても、俺だって来年は三十だ。しかも、連日の残業――というか、いつ始まっていつ一日の仕事が終わるのかよく分からないというのが、この世界だ。

秋山《あきやま》は、心中、ブツクサ言いながら、重くて熱い荷物をおぶって歩いていた。

もう夜中の二時を回っている。――坂道の多い場所で、タクシーに乗るほどのこともない。

「秋山、お前が送っていくんだぞ」

と言われて、

「はい！」

とは言ったものの……。

バーを出ると、山中聡子《やまなかさとこ》は急に酔いが回ったのか、

「歩けない」

と言いだしたのだ。

秋山としては、おぶって歩くしかなかった。

——秋山はTV局の編成局にいる社員で、二十九歳。

今夜は、山中美由《みゆ》を次の新番組のドラマに使うための「打ち合わせ」。正確に言えば、母親、山中聡子の「ご機嫌とり」の会であった。

何しろ、この母親に嫌われたら、山中美由をその局で一切使えなくなってしまうのだ。

接待する側の気のつかい方は並みではなかった。

一流レストランでの会食から、カラオケの店へ回り、さらに外国人客の多いバーへ。

そこで、山中聡子はすっかり酔ってしまった、というわけだった。

確か……この坂の上だよな、マンション。

秋山は、おぶった聡子がすっかり寝入ってしまった様子なので、足を止めて一息ついた。本当なら「荷物」を下ろして休みたいところだ。

だが、却《かえ》って一息ついたのが失敗だった。

汗がどっと出て、膝《ひざ》もガクガク震えてくるし、坂を上る元気がなくなってしまったのである。

といって——放り出していくわけにもいかない。

どうしよう？

動くに動けず、困っていると——。

「無理をしないで」

と、突然耳もとで囁《ささや》かれて仰天《ぎょうてん》した。

「あ……。目が覚めたんですか」

「ええ」

と、聡子は言った。

「重くて大変だったでしょ。私、ここから歩くからいいわ」

「いえ、でも……」

と、ためらって、

「大丈夫です。頑張ります」

「まあ頼もしい」

と、聡子は笑って、

「じゃあ、お願いしようかしら」

「はい！」

あと少しだ。そう自分に言って聞かせて坂道を上り始めると、思っていたほどには辛《つら》くない。気の持ちようということなのだろうか。

——そのうち、秋山は妙なことに気がついた。

おぶっている聡子の体がだんだん冷えてくるようなのである。

重さは変わらないのだが、体温がどんどん下がっているような……。

でも、そんなことってあるのだろうか？

秋山は、

「大丈夫ですか？」

と、心配になって訊《き》いた。

「大丈夫よ」

と、聡子は答えて、秋山はホッとしたのだが……。

どうしてか、聡子の声が違っているようである。まさか！　気のせいだ。

すると、聡子の手が秋山の首筋に触れて、秋山はゾクッとした。

その指先は氷のように冷たい。

「秋山さん……だったかしら」

と、少し低くなったしわがれ声を出す。

「は、はい……」

「若いって、すてきなことね……。さぞ、血があり余ってるんでしょうね」

「そんなことも……」

「羨《うらや》ましいわ」

「何がです？」

「若いってこと」

「奥さんもお若いですよ」

坂を上りながら、お世辞を言うのは大変だった。——しかし、何だか背筋に悪寒《おかん》が走り、冷や汗が出てくる。

「若い肌ね……。血管がはっきり浮かんで、力強いわ」

聡子の言い方は、もう話しかけているというより、独り言のようだった。

秋山の肩をつかむ聡子の指に、ぐっと力がこもった。秋山は、肩に食い込むような痛さに声を上げそうになった。

「——ちょっと待ってくれ」

不意に後ろから声がかかり、聡子の指先から力が抜ける。

秋山がびっくりして振り向くと、さっきまで一緒に飲んでいた上司の顔があった。

「局長——。どうなさったんですか」

「ちょっと、忘れてたことがあってね」

と、編成局長というポストにある平松《ひらまつ》は、

「山中さん。少し話したいが、いいかね」

少し間があった。

「――下ろして」

と、聡子が言った。

秋山はホッとして、聡子を慎重に下ろした。

そのとき、聡子の体にあたたかさが戻ってきているのを感じた。

「秋山君。君はもう帰っていい」

と、平松は言った。

五十近いが、がっしりした体の、お洒落な男である。

秋山の勤め先の局では、社長を将来継ぐ男として、有名なのだ。

「はあ。――それじゃ、失礼いたします」

と、聡子の方へ頭を下げる。

「お疲れさま」

聡子は、いつもの声に戻っていた。

あんな風に声が変わってしまうってことがあるのだろうか？

秋山には分からなかった。

ともかく、ようやく「重荷」を下ろした秋山がホッとして立ち去ると、

「――さっきは大勢人がいて、自由に話せなかったからね」

と、平松は言った。

「元気そうだ。いろいろ、噂を聞いてるよ」

「どうせ、ろくでもない噂でしょ」

と、聡子は平松から目をそらしていた。

「マンションまで送ろう」

「すぐそこよ」

と言いながら、平松と二人で坂を上っていく。

「酔いはさめたのか」

「もともと、大して酔っちゃいないの。あの若い人を、ちょっと困らせてやろうってくらいの気持ちだわ」

「相変わらずだな」

平松は笑って、

「さっき、あなたを見たとき、びっくりしたわ。出世なさったのね」

「出世か」

と、平松は肩をすくめた。

「そうよ。大したもんだわ」

「よしてくれ。もともと出世したいなんて思ってなかったことぐらい、知ってるじゃないか」

「ええ。でも、上に立つ人は立つの。何があってもね」

「しかし——美由君は大スターになれる」

聡子はチラッと平松を見て、

「美由君、だなんて」

「あの子は君に似ているよ」

「あなたにもね」

「いや、もう、なかったことにすると決めたんだろう？」

「でも、そう決めるのと、本当になかったっていうのとは、全然違うわ」

「あの子は知らないんだろう？」

「ええ、何も。——お父さんは死んだ、ってことになってるわ」

「それならそうしておいてくれ」

「変わらないのね。——せめて、『俺の子なんだから、うちの局で使わせろ』とか言ったら？」

「それを言うところまでは堕《お》ちたくないね」

聡子は、ちょっと寂《さび》しそうに笑った。

二人はマンションの前に来ていた。

「——じゃあ、ここで」

と、平松が足を止める。

「上がっていったら？　——どうせ断るんだろうけど」

「断る。あの子にも会いたいが、仕事の場で会うよ」

「じゃ、おやすみなさい」

「おやすみ」

聡子は、行きかけた平松の腕をつかむと、顔を寄せてキスした。

「——それじゃ」

平松が坂を下っていく。

聡子は、その後ろ姿を見送って、ため息をついた。

インタホンのボタンを押して、

「——美由。私よ、開けて」

と、聡子は声をかけた。


「なるほど」

クロロックは、本間輝夫《ほんまてるお》の話に肯《うなず》いた。

「吸血鬼だなんて、そんな話！」

と、川口幸代《かわぐちさちよ》が憤然として言った。

「大体、今の世に吸血鬼なんて、時代錯誤よ！」

幸代の言葉に、クロロックは苦笑いしながら、

「そうとも限らんと思うが……。ま、今はそんなことはいい。――君が公園で襲われたときのことは、夢でも何でもあるまい」

「本当のことです！」

と、輝夫が強調する。

「だけど――」

と、クロロックが言った。

「まあ、待ちなさい」

――ここはクロロックの家。

エリカが少し強く殴りすぎたのか、輝夫はしばらく気絶したまま。それで、仕方なく家へ運んできたのだ。

「服を脱がされていたのを見ても分かる」

と、クロロックは言った。

「ふき出した血で、服が濡れたからだ」

「あ、そうか」

と、エリカは肯いて、

「でも……」

「まあ待て。お前の言いたいことは分かる」

と、クロロックが止めた。

「君が見つけたという仮面は持っておるか？」

「はい」

輝夫がポケットから仮面を取り出して、テーブルに置いた。

「うむ……。これが本当に犯人の残していったものだとすると……」

と、クロロックが考え込んでいると、

「ワア！」

と、声を上げて虎《とら》ちゃんが駆けてきた。

「おお来たか！　夜ふかしはいかんぞ。ちゃんと夜は寝て、朝起きるのが、正しい生活だ」

「虎ちゃんに説教してどうするの」

と、エリカが笑った。

「ワア！」

と、虎ちゃん、お父さんの手から仮面をパッと取り上げると、

「あ！　いかん！」

と、クロロックが止める間もなく、バリバリとかじってしまったのだ。

「これ！　それは食べるものじゃない！」

クロロックが、仮面を持って逃げ回る虎ちゃんを追いかけ回している。

「──あなた」

と、涼子《りょうこ》が顔を出して、

「何の話なの？」

「あ、いや──吸血鬼の話をな……」

「変な話を他人の前でしないでね」

と、涼子はしっかりしている。

「虎ちゃん。少しお父さんと遊んでてね。お母さんは回覧板を置いてくるから」

──幸代と輝夫は、家の中を駆け巡っているクロロックを、呆気《あっけ》に取られて眺めている……。

「ま、がっかりしないでね」

と、エリカは言った。

「がっかりだなんて！」

と、首を振って、

「とても民主的な社長さんだわ！」

そういう言い方もあるか。

今度はエリカが感心する番だった……。

古城にて

「わあ」

と言ったきり、山中美由《やまなかみゆ》は何も言えなくなってしまった。

「――ここはどこ？」

と、マネージャーの鈴村祐美《すずむらゆみ》が真面目《まじめ》な顔で言う。

むろん、ＴＶスタジオの中だということは分かっている。

しかし、一瞬、ヨーロッパの森の奥へでも迷い込んだかと錯覚しかねない、立派な城のセットが、一番大きなスタジオいっぱいを使って作られているのだ。

「よく作ったな」

と、プロデューサーの阿部《あべ》が舌を巻いているが、そっと猪谷《いがや》を手招きして、

「おい、予算ってものがあるのは分かってるんだろうな」

「もちろんです！」

と、猪谷が胸を張る。

「それならいい」

と、阿部が言うと、猪谷は付け加えた。

「ただ、オーバーしただけです」

阿部が何か言う前に、猪谷はさっさと行ってしまう。

「――OK！　揃ったかな？」

と、山代《やましろ》が言った。

「美由君！　こっちへ来て。――衣装、早くつけてくれ。すぐ撮影に入るぞ」

「はい」

美由が、いつになく目を輝かせて、祐美についていく。

スタジオの入り口近くに立っていた聡子《さとこ》は、昨夜も飲んだせいで、二日酔いの体《てい》だったが、やはりセットの凄《すご》さに呑《の》まれて、二日酔いが飛んでいってしまったらしい。

「――おい、相手役の社長さんはどこだ？」

と、ディレクターの山代の声が飛ぶ。

「さっきいたんですけど」

「さっきいたって、今いなきゃ仕方ないだろう！」

と、山代が怒鳴る。

「あそこだわ」

と、美由が言って、天井の方を指さした。

見上げると、古城のセットの天辺《てっぺん》、高い塔の所に、マントに身を包んだクロロックの姿。

「あんな所、どうやって上ったんだ?」

と、山代が呆《あき》れて、

「おーい! 下りてきてください」

クロロックが手を振り返す。

「しかし、どうやって下ろすんでしょ」

と、祐美が見上げていると──。

「危ない!」

と、思わず叫んだのは、クロロックが、それこそマントがふわっと広がって下りてきたからだ。

それも、何の力も借りず、飛び下りたのだから、みんながびっくりしたのも当然である。

が、クロロックはマントを広げ、風をはらんでふくらませながら、ゆっくりと下りてきた。

「──あれ、どういうトリック?」

と、山代が目をパチクリさせている。

「さあ……。ピアノ線で吊ってるんじゃないですか」

と、現場のスタッフが言った。

「だけど――仕掛けが見えないぜ、大したもんだな」

まさか当人がやっているとは思ってもいない。

クロロックは、スタジオの隅にエリカの姿を見つけると小声で、

「よく見とけよ」

と言った。

エリカが小さく肯《うなず》く。

二人とも耳がいいので、大声を出す必要がない。

「――じゃ、始めよう」

と、山代が言った。

「美由ちゃん、準備は？」

「OKです」

と、祐美が答えた。

「よし、それじゃ、花嫁が馬車から降りる。――そこへ一陣の風。吸血鬼がマントを翻《ひるがえ》して、花嫁をさらっていく。いいね？」

「はい」

と、美由が言った。

そのときになって初めて、スタジオの中の全員が、美由のウェディングドレス姿に気づいた。

ホーッとため息が洩《も》れる。

白いウェディングドレスに包まれた美由は輝くばかりだった。

「——よし、じゃ、馬車から降りてくるカット。美由ちゃん、反対側から馬車に乗って……」

山代が演出しているのを、山中聡子は眺めていた。

そこへ、

「きれいだな」

と、小声で言ったのは、平松《ひらまつ》だった。

「あなた、どうして——」

「見に来たのさ。我が娘の晴れ姿を」

「本物の結婚式じゃないわ。それに、あの子は、男なんかで苦労しないように育てるわ」

「男としては、何とも言い返せないね」

と、平松は微笑んだ。

「はい、それじゃ、馬車を降りる足のカット！」

――スタジオの中が静かになる。

エリカも気づいていた。

このスタジオの中は、血の匂《にお》いがしみ込んでいる。

しかし、どこから匂ってくるものなのか、こうも人がたくさんいては分からない。ただ、これが単なるＣＭの撮影でないことだけは確かであった。


撮影がフィルムなので、ライトもたくさん使う。

祐美は、ひっきりなしに、美由の汗を拭《ふ》き取っていた。

クロロックがエリカのそばへ来て、

「どうだ？」

「分かんないな。大体の見当はつく？」

「この城のセットだな」

「セット？　人が隠れてる場所なんてなさそうだけど……」

「よく見て、目の前の出来事に心を奪われて見落とすんじゃないぞ」

「まさか。お父さんだもの、大丈夫」

「——どういう意味だ？」

と、クロロック。

やがて、初めのシーンが終わり、

「はい、次のカット！」

と、山代が怒鳴る。

「待ってください」

と、祐美が言った。

「少しドレスがしわになってるんで、直します」

「急いでくれよ。——ま、遅れりゃお宅が困るんだからな」

と、山代は笑った。

祐美が美由を連れて、スタジオの隅へ姿を隠すと、エリカはそっと古城のセットの裏手へ入っていった。

——これはセットじゃない。

エリカは、重々しくそびえる石の壁を見上げた。

セットというものは、カメラに映る側だけが作ってあって、裏側はただのベニヤ板である。しかし、この古城は違った。

触ってみると、本物の石だ。

どこでこんな物を？

おそらく、ヨーロッパのどこかからバラバラに分けて運ばれた石を、ここでもう一度組み立てたのだ。

なぜ、そんな手間のかかることを？

エリカは、真っ直ぐに切り立った石積みの壁を見上げていたが、やがて大きく息をつくと、壁にとりついて、上り始めた。

クロロックなら楽々上っていくだろうが、エリカにはかなりの苦労である。

しかし、一旦上りだしたら、やめるわけにいかない。

ジリジリとよじ上っていくと、汗がにじみ出てくる。

わずかな石の凹凸《おうとつ》に指をかけて上っていく。——それでも、途中、一つだけある小さな窓まで辿り着いた。

はめ込んだガラスは、ステンドグラスなので、中がよく見えない。

幸い、金具の部分を少しいじると、窓を開けることができ、小さい窓だったが、エリカはスルリと中へ入ることができた。

暗い小部屋だが、吸血鬼の血のおかげで暗がりで目がきく。

少し慣れると、床に誰かが縛られて倒れているのが見えた。

顔を覗《のぞ》くと、川口幸代《かわぐちさちよ》だ！

気を失っていて、揺さぶっても目を開けない。薬か何かで眠らされているのだろう。

そのとき、エリカの耳は、ドアの方へ近づく足音を聞きつけていた。


「じゃ、クロロックさん、お願いします」

と、山代が言った。

「どうすればいいのかな？」

と、クロロックがやってくる。

「ええと、気を失った美由ちゃんを抱いて、城の正面から入っていく。――いいですか？」

「いいとも」

「じゃあ、美由ちゃん。大丈夫だね？」

美由は、白いヴェールを顔にかけていた。

「――顔が出ないとまずいよ。ヴェールを上げて」

と、山代が言ったが、美由は上げようとしない。

仕方なく山代は自分から歩み寄ってヴェールを上げようとしたが――。

「そう……。ま、隠れてた方が感じが出るかもしれないね」

と、なぜか気が変わったらしい。

「じゃ、テスト！」

クロロックが軽々と両腕にウェディングドレスの美由を抱く。

「用意、スタート！」

と、山代が声をかけて、カメラが回る。

クロロックが美由を抱いて、城の正面の扉へ進んでいくと、扉が左右にサッと開いた。

クロロックたちの姿が中に消えると、扉が閉じた。

「――はい、カット！」

と、山代は言って、

「扉、閉めるところまでいらないよ。――扉を開けて、もう一回だ」

と指示した。

しかし――扉は開かない。

「おい、何してるんだ！　早く開けろ」

と、山代が怒鳴った。

助手が二人、駆けていって開けようとしたが――。

「開きませんが」

「何だ？　――馬鹿！　何とかして開けろ」

山代は、腹立たしげに言った。

そのとき、正面に張り出したバルコニーへ花嫁姿の美由が現れた。

いや、そうではなかった。誰かが後ろから彼女を抱きかかえていたのだ。

「――皆さん」

と、言ったのは、山中聡子だった。

城の扉の前に立つと、

「これは演出でも何でもありません。新手《あらて》の宣伝でもないんです」

と言った。

「聡子さん――」

と、山代が言いかけると、

「黙っていなさい」

と、ひとにらみ。

「はい」

「ここにいる皆さんは、生きてこのスタジオを出ることはできません」

居合わせた助手や、見物していた人たちの間に戸惑いが走った。

「――皆さんはいけにえです。血を捧げて、私たちの暗黒の神を讃《たた》えましょう」

聡子が手を上げてみせると、バルコニーの上で、誰かがナイフを振り上げ、ウェディングドレスの胸の真ん中へ突き立てた。

キャーッ、と悲鳴が起こる。

血がふき出して、バルコニーから下へと降り注いだ。

パニックになった。逃げ惑《まど》う人々、照明が次々に落ちて、暗がりの中、逃げようとする人同士がぶつかった。

悲鳴、怒声、そして——。

「静まれ」

と、ある声が言った。

不意に静けさが訪れて、少しすると照明も戻った。

「——誰なの！」

と、聡子が眉《まゆ》をつり上げて怒っている。

「騒ぐな」

バルコニーに現れたのは、クロロックだった。

「大丈夫だ。この血は本物ではない」

と、クロロックが言った。

「山中美由そのものも、無事だ。いや、もともと身代わりに川口幸代という娘が犠牲になるところを、救ったのだ」

エリカが、花嫁のヴェールを上げた。

川口幸代はぐったりしていた。胸から下は血に染まって見えたが、

「今の血は撮影用のものです」

と、エリカは言った。

エリカの後ろから、当の美由が現れた。

「――美由！」

聡子が青ざめる。

「お母さん……。とんでもないことはやめて。――吸血鬼の伝説なんて、本当はないのよ」

「何を言ってるのさ！　お前は私の言う通りにしてりゃいいのよ！」

「いいえ」

と、美由は首を振って、

「お母さんが騙《だま》されてるんだわ」

「美由――」

「目を覚まして！」

と言うなり――美由はバルコニーから真っ逆様に墜《お》ちた。

アッと息を呑む。――激しくぶつかる音。

その音が、形あるもののように聡子を打った。聡子が倒れる。

「——美由。——美由！」

聡子は立ち上がって、

「どうしたの？　何があったの？」

と、叫んだ。

「美由！　——ああ！」

倒れた美由へと、聡子が駆け寄る。

「催眠は破れたぞ」

クロロックが、バルコニーへと呼びかけた。

「諦《あきら》めろ」

「畜生！」

猪谷が怒りに青ざめて、バルコニーに姿を現した。

「お前はどうやら吸血族の血筋のようだな。この城を持ってきたとき、一緒にやってきたのか」

「いかにも、その通りだ」

と、猪谷は言った。

「仲間をふやしてやる。そう決心したのに！　邪魔したな！」

猪谷はバルコニーの手すりへ足をかけると、

「貴様を滅ぼしてやる！」

と叫ぶと宙へ身を躍《おど》らせ、クロロックめがけて落ちていった。

クロロックが、マントの下からサッとカメラの三脚を取り出す。その尖《とが》った脚先が上を向く。

猪谷は真っ直ぐにその上へ――。

尖った三脚が、猪谷の胸を刺し貫いた。

一瞬、誰も身動きしなかった。

クロロックは、猪谷を床へ寝かせると、素早くマントを外して、その上に広げて覆《おお》った。

「美由……」

聡子が泣いている。

クロロックは、近づくと、

「止める間がなかった……。可哀そうなことをしたな」

と言った。

あの勢いで落ちたのだ。当然、首の骨でも折っているだろう。クロロックが美由の首を起こしてみると――何と、目が開いた。

「おお！　助かったか」

「お母さん……」

「美由！」

二人は抱き合った。

「美由！」

と、もう一人、平松が駆け寄ってくると、

「おまえのお父さんだ！」

と、名のった。

「もう離れんぞ！」

美由が呆気《あっけ》に取られている。

——クロロックは、城の中へ入って、

「エリカ」

と、呼んだ。

「よくやったぞ。あの子が落ちる瞬間、エネルギーで下から支えたのだな」

「お父……さん」

エリカはフラフラになって、床へ座り込んでいた。

「さ、つかまれ」

クロロックはエリカを立たせると、

「さっきのように抱きかかえていこうか?」

「やめて！　相手がお父さんじゃ、いやだ」

「何を言うか」

と、クロロックはムッとした。

城から出て、ポカンとしている山代の肩を叩き、

「さ、目を覚ませ。——この城を片づけるのは大変だぞ」

「猪谷がやったんです。あいつに片づけさせます」

「無理だな」

「どうしてです?」

クロロックがマントをつかんで取り上げると、そこにはカメラの三脚と、わずかの灰だけが残っていた。

「——猪谷が山中聡子に強い暗示をかけていたのね」

エリカは、TV局の食堂の定食を三人分食べて、やっとエネルギーを補充すると、言った。

「じゃ、僕にかみついたのも、母親の方?」

と、輝夫《てるお》が言った。

「途中で入れ替わったのだ。顔を見られたときの用意に仮面を持っていた。しかし、かんだといっても、大したことはない」

と、クロロックが言った。

「ふき出した血は、作りもの。手の中に細い管をつかんでいて、ビューッとふき出させたのだ」

「自分がかまれて出た血かどうかも分かんなかったの？」

と、幸代が呆《あき》れて、

「私がついてなきゃだめだ、輝夫は」

四人のテーブルへと、平松がやってきた。

「クロロックさん。――何とお礼を申し上げていいか」

「いやいや。妙な形で報道されんようにひとつ、頼みます」

「かしこまりました」

――猪谷一人が「死んだ」わけだが、死体も灰になっているから、事件といっても、警察も調べようがあるまい。

「ところで、美由が、どうしてもクロロックさんと共演したいと言っています。うちのドラマでどうでしょう？」

「ドラマ！　――ラブシーンもありますかな？」

「そりゃ、作ればいいんですから」

一瞬、クロロックの心は動きかけたようだったが、

「――やめておきましょう。吸血鬼は家庭が第一でして」

と、穏やかに言ったのだった。

暗黒街の吸血鬼

衝撃

ただでさえ眠くなるような午後だった。

和田《わだ》は大欠伸《おおあくび》をした。――誰も客はいなかったので、欠伸しても見られる心配はない。それに――和田はもう六十を越えて、雇っている方でも大したことは期待していないはずだった。

昼休み、店の主人が昼食をとっている間だけの店番。楽な「仕事」ではある。

実際、小さな酒屋の奥で、時々ウトウトしながら座っている、小太りな和田の姿を見ると、誰も、これがかつては「ダル」というあだ名で呼ばれたギャングだったなどとは思いもしないに違いない。

太っているのはもともとで、あだ名の「ダル」も、「ビヤ樽《だる》」から来ているのだということだが、本当かどうか、当人もよく知らない。

いずれにしても、初冬の昼下がり、のんびりと店番をする和田に、かつての面影《おもかげ》はない。

ガシャン、と音がして、店の戸が開いた。

「——自動扉じゃないのか」

と、その客は顔を戸にぶつけたらしく、痛そうにさすっている。

和田は笑って、

「すんませんね。日に一人や二人は、それにぶつかるんです。自動扉だと思ってね」

と、立ち上がる。

「何をさし上げます?」

「そうだな」

妙な格好の男だった。黒の長いコート。ステッキ。スラリと細身の長身は、全身が切れ味の鋭いナイフのようだ。

男は、チラッと棚を眺め、

「大したもんは置いてないな」

と言った。

「小さな店でね。ま、勘弁してください」

と、和田は肩をすくめた。

「じゃあ……せっかく入ったんだ。もらってくか」

男の右手に、魔法のように拳銃が現れ、和田は呆気《あっけ》に取られた。

「何の冗談――」

「冗談は言わないよ、昔の仲間にゃ」

「仲間？」

「なあ、〈ダル〉。俺を見忘れたか？」

目の前の皮肉っぽい笑顔。

「あんたは……」

「やっと分かったか。――俺だ。久しぶりだな、ええ？」

「〈凪〉か……。松宮《まつみや》……」

和田が真っ青になる。

「よく分かった。まだボケちゃいないようだな」

と、男は言った。

「な、俺は知らないよ。あんたのことについちゃ、俺みたいな下っ端《ぱ》は知らされてないんだ！」

和田が必死で言いわけしようとするが、相手は聞いてもいない様子で、

「さて、どこを撃たれたい？　心臓一発じゃ面白くも何ともない。手か足か肩か？」

「やめてくれ！　この通りだ！」

と、和田が床に両手をついて謝る。

すると、松宮は笑って、

「安心しな。あんたを殺しゃしない」

「――え？」

「ただ、一つやってほしいことがある」

「何です？」

「俺がこれから帰るってことを、他の連中へ知らせてやってくれ。いいな？」

「ああ……。分かった」

和田の顔が汗で濡れている。

「俺から、くれぐれもよろしく、と言ってな」

「ああ……」

和田の汗は止まらなかった。

そこへ――店の扉が開いて、若い娘が入ってきた。

和田はとっさに、

「危ない！　出ていくんだ！」

と叫んだが……。

娘はびっくりした様子もなく、

「お父さん、用事、すんだの？」

と、松宮へ声をかけた。

「ああ、出るところだ」

娘……。これは松宮の娘か?

まだせいぜい十七、八だろう。キリッとした、美人である。

しかし、その目にはゾッとするような冷ややかさがあって、見えない矢が和田の胸を貫いたようだった。

「何だ」

と、娘は和田を見て言った。

「そのじいさん、生きてるじゃないの」

「おい、ミチ子」

と、松宮は笑って、

「お前は言うことが乱暴でいけねえな。年寄りは敬わなくちゃいけないんだぜ」

「フン」

と、ミチ子と呼ばれた娘は肩をすくめた。

女学生らしいコートは、制服にでもなっているのか、紺で胸にエンブレムがついている。

「さ、行くぞ」

と、松宮が娘を促《うなが》して、またガラス扉にぶつかりそうになる。

「まったく——自動扉にしとけよ」

と、文句を言って、扉を開けると、

「さ、行け」

と、娘を先に出そうとする。

ミチ子は、出ようとして振り向くと、

「おじさん、バイバイ」

と、和田に向かって左手を振った。

和田が、つられて右手を上げる。同時に、コートのポケットに入っていたミチ子の右手がスッと真っ直ぐに伸びた。

キラッと銀色の筋が二人の間で光って、和田がハッと息を呑《の》んだ。広げた右手のてのひらを、小型のナイフが貫いて、刃先が手の甲から突き出ていた。

「——おい、乱暴はよせ」

と、松宮は言ったが、面白がっている口調だ。

「電話をかけるんだぞ、これから奴は」

「左手だけでも、かけられるわよ」

と、ミチ子は笑った。

和田が床に膝《ひざ》をついて、ワーッと叫び声を上げた。痛さに転げ回る。

ミチ子は微笑んで、

「お大事に」

と言うと、店を出ていった。

「悪いな、ダル。何しろ、目立ちたい年ごろなんだ」

松宮はそう言うと、呻《うめ》き声を上げつづける和田を後に、店を出ていった。


〈ボス〉は、その数字を見ると、渋い顔をした。

「何だ。前の月よりマイナスか?」

「仕方ねえんですよ。何しろ、不景気で閉めちまった店が七軒もあるんですから」

と、立石《たていし》が説明する。

「そうか……。ま、しょうがねえ。何か他に金の入るうまい手を考えないとな。おい、水上《みずかみ》。お前のとこはどうだ?」

「似たようなもんですが……。最近、あの崩れかけてたバー街が、きれいなビルに入っちまって。客は入ってるようですが、どうにも一軒ずつ当たっていくのが厄介なんです」

——〈ボス〉、こと林哲也《はやしてつや》は、この盛り場一帯のバーやスナック、その他の店から金をせしめている。

まあ、「大物」と言われるほど偉くはないが、一応、この辺りの〈ボス〉として知られていた。

立石と水上は、直接取り立てに当たる責任者。もちろん、子分が実際の仕事はしているのだが、縄張りを二つに分けて、一つずつを受け持っている。

「厄介ってのは何だ?」

と、林が訊《き》く。

「ビルの目の前に交番ができて、お巡りが目を光らしてます。ありゃやりにくいですぜ」

水上は、まだ四十五歳。ボスの林より十歳も若いが、なかなかのやり手という評判である。見た目もスマートで、ビジネスエリート、という印象。

六十になる立石が、見るからにヤクザっぽい顔立ちなのと対照的である。

「サツはまずいな」

林が顔をしかめる。――この数年で、すっかり太ってしまい、「怖い」イメージではなくなっている。

「――やりにくい世の中だな」

と、林はこぼした。

「水上、お前の得意なファミコンで、うまい商売できねえのか」

　と、立石が言うと、水上は苦笑して、

「ファミコンはゲーム。パソコンのことだろ。インターネットとか」

「そうそう。その何とかネットだ。金集めにゃ使えねえのか」

「まったく別の儲《もう》け口を工夫しないとね。しかも、うまい話にゃ、すぐ殺到してくる。稼げるのはいっときだけさ」

「俺にゃ何だかさっぱり分からねえ」

　と、林がお手上げという様子で、

「昔は良かったぜ。ちょっと町を歩きゃ、すぐ百万や二百万の金が集まったもんだ」

「そうだったな」

　と、立石も昔を懐《なつ》かしがる。

「女も、いくらでも寄ってきた。今じゃ、『何チャンに似てる』とか『何クンみたいでカッコイイ！』とか言って、駆け出しのチンピラに女が飛びつく時代だ。強くもなくて、金もない、どこがいいのか分からねえヒョロヒョロの若い奴がもてる」

　と、林が「古き良き時代」の思い出に浸《ひた》っていると、ドアが開いて、

「ボス。お電話です」

　と、若い子分の一人が顔を出す。

「何だ。今、重要な会議中だぞ」

と、林は大真面目《おおまじめ》に言ったが、

「誰からだ？」

「和田……とかって。〈ダル〉って言ってくれりゃ分かる、と言ってました」

「〈ダル〉？　あの和田のおやじか！　よし、出る！」

「お持ちします」

と、子分があわてて駆けていく。

「立石、憶えてるか？」

「もちろん。まだ元気だったのか、あいつ」

「誰です？」

と、水上が訊く。

「そうか、水上は知らねえな」

と、林が肯《うなず》き、

「昔、俺や立石と組んでいろいろ悪さをした仲間さ。だが、もう六十は越えてると思うぜ」

「俺より二つ、三つ上だと思うな」

と、立石が言っていると、子分が電話のコードレスの子機を持ってくる。

「何だか、ピーピー泣いてますが」

「泣いてる？　年齢《とし》取って、涙もろくなってるんだろう。——もしもし」

と、林が、見えもしないのに、少しふんぞり返る。

「林か？」

「ああ、どうしてる？　元気か」

「そうでもねえよ……。右手をナイフで突き通されてよ」

「右手を？」

「そうなんだ。〈風〉の奴に」

「風邪ひいてるのか」

「馬鹿！　いてて……」

と、泣き声を出し、

「〈風〉だよ。忘れたのか」

「おい、待て。——松宮のことか？」

「ああ、あいつさ」

林が青ざめた。

「生きてたのか？　確かに見たのか？」

「見たどころか……。間違いなく奴だ。——みんなに会いに行くとさ。用心しろよ」

林は、ポカンとしている立石の方へ、

「〈風〉の奴が帰ってくる」

と言った。

「冗談だろ」

「そうじゃないらしいぜ。――おい、〈ダル〉、その手も、奴にやられたのか」

「奴の娘だよ」

「娘？」

「気をつけろよ。〈風〉の奴も、少しは様子が変わってる。十七、八の娘を連れてる」

「分かった。――ありがとうよ。大事にな」

「ああ……。そっちも、遺言状でも作っといた方がいいかもしれねえ……」

「やめてくれ、縁起でもない」

と、林は顔をしかめて言った……。

そして電話を切ると、立石としばし顔を見合わせていた。

「――〈風〉が帰ってくるのか！」

「何だい、そりゃ？」

と、水上がふしぎそうに訊く。

「知らねえのか？　――そうか。ま、無理に知っとくこともないか……」

と、林は言って、子分を呼ぶと、言い渡した。

「おい！　いいか、駅に何人か若いのをやれ」

と、林は怒鳴った。

「——何ごと？」

ドアから顔を出したのは、林の妻だった。

「智子《ともこ》か、びっくりさせるな」

「自分の女房を見て、どうしてびっくりするのよ」

と、呆れたように、智子は言った。

「今はそれどころじゃねえんだ！」

「約束よ、今日毛皮を買ってくれるって」

「そうだったか……」

と、林は渋い顔になって、

「自分で好きなのを買ってこい！」

「あら、いいの？　高いとかって文句言わないでね」

「分かってる！」

智子は元ホステスの、陽気で派手好きな女である。

ご機嫌でサッサと行ってしまった。

入れ違いに、子分が数人、バタバタと駆けてくる。

「――いいか、駅のホームで張って、十七、八の娘を連れた、キザな殺し屋風の奴を見つけるんだ」

「見つけたらどうします？」

「痛い目に遭《あ》わせて引っ張ってこい」

と、林は言いつけた。

人違い

「じき、着くよ」

と、神代《かみしろ》エリカが立ち上がって、棚の荷物を下ろす。

「早いな」

と、フォン・クロロックは大欠伸《おおあくび》をした。

「早くないよ。お父さんぐっすり眠ってたからじゃない」

と、エリカは笑って言った。

吸血鬼の正統を継ぐ、フォン・クロロックと、娘のエリカは、岡山から新幹線で東京へ戻ってきたところだ。

吸血鬼とはいえ、現代の世では働かなくては食べていけない。フォン・クロロックは、〈クロロック商会〉の雇われ社長。

特に、若い後妻の涼子《りょうこ》と、幼い一子虎ノ介《とらのすけ》を抱え、本来「夜型」の体質を、何とか「昼型」にして頑張っている。

岡山へは仕事での出張。

出張して、列車の中で駅弁を食べている吸血鬼というのは、あまり考えたくない姿かもしれないが、当人は幸せなので、まあよかろう。

神代エリカはN大学二年生。ちょうど大学が休みだったので、父についていったのである。

仕事の手伝い――と言えば聞こえはいいが、本当は、涼子が凄《すご》いやきもちやきで、

「若い女の子にすぐ親切するから、エリカさん、ついてって見張ってて」

と、頼まれたのだった……。

夕方になりかける時刻で、まだ本格的な冬ではないが、日の落ちるのはこのころが早い。

ガタンガタン、と列車が横揺れして、ホームへと入っていく。

「お父さん、会社へ寄ってくの？」

「どうしたもんかな」

「会社の人におみやげもあるし、寄っていったら？　待っててあげるよ」

「そうか。すまんな」

両手にどっさりとおみやげの袋。

これでクロロックも、なかなか気をつかう社長なのである。

列車が停まり、二人はホームへ降りたが……。

「——エリカ」

「うん？」

「妙な雰囲気だな」

「お父さんもそう思う？」

ホームに、なぜか一見してヤクザと分かる男が五、六人、エリカたちを遠巻きにしているのだ。

「どうする？」

「さて……。せっかくのみやげものが台なしになってももったいないしな」

と、二人で相談していると、

「待ちな」

ホームが空《す》くのを待っていたらしい、男たち。エリカとクロロックを取り囲んだ。

「何か用かな？」

男たちはヒソヒソと囁《ささや》き合っている。

クロロックもエリカも、血筋のおかげで、人間の何倍も聴覚が鋭い。

「こいつかな、本当に？」

「そうだろう。こんな妙な格好に、十七、八の娘を連れてるんだ」

「十七、八なんて失礼ね」

と、エリカは文句を言った。

「——おい、一緒に来てもらうぜ」

と、一人が言った。

「あいにく忙しいのでな。ご招待はまた改めて」

「おとなしくついてきな」

と、男が上着の下からチラッと拳銃を覗《のぞ》かせる。

「命は惜しいだろ」

「もちろんだが……。あんたらの方が心配だ」

と、クロロックは言った。

「何だと？　俺はピンピンしてら」

「よく物を落とすんじゃないか？」

クロロックが言うと、拳銃がスルッと男の手からすり抜けて足下に落ちる。

男はあわてて拾おうとしたが——。

「手に力が入らないだろう」

男は拾おうとしたが、拳銃はその都度、滑り落ちる。

「畜生！　何だってんだ！」

「手に血が回っていないのだ。ジーンとしびれておるだろう。やがて手が腐って、死んでしまうぞ」

「う、嘘《うそ》だ……。でも……力が入らねえ！　感覚が……」

「早く救急車で運ぶことだ。命だけでも取り止めるかもしれん」

男は、立っていられなくなって、ホームに引っくり返ってしまった。

「兄貴！」

と、周りの連中がびっくりする。

「助けてくれ……。おい、病院へ……」

みんなで、その「兄貴」の手足を抱え、あわてて行ってしまう。

「めでたい連中だ」

むろん、クロロックが「力」を送って、男の手足をしびれさせたのである。

「——でも、何かしら？」

「どうやら人違いらしいな。迷惑な話だ」

エリカは、クロロックについて階段へと歩きながら、ふと、ホームの遠くからやってくる二人連れを目に止めた。

長いコートの男と、若い娘。——あの二人のことだろうか。

ま、どうでもいいけど、とエリカは思い直して、足を速めた。

「馬鹿め！」

と、林《はやし》は真っ赤になって怒鳴った。

「それで全員が病院までついてったっていうのか！」

「助け合いの精神で」

などと答えて、子分の一人がぶん殴られている。

「しかも、入院騒ぎの挙句、どこも悪くないときてる！　二日酔いだったんじゃないのか？」

「すんません……」

しょげているのは、当の「病人」だった、子分の矢吹《やぶき》である。

「でも、あのときは確かに……」

「言いわけするな！　――すんじまったことは仕方ない。その二人がどこに泊まってるか、しらみ潰《つぶ》しに当たれ！」

林の指示で一斉に子分たちがまた出かけていくと、

「怖いわね、大きな声出して」

と、智子《ともこ》が顔を出す。

「何だ、お前か」

と、林は仕事部屋の机に腰をかけて、

「何か用か」

「用か、って……。見せに来たんじゃないの」

「何をだ？」

「これ」

智子が、毛皮のコートに包まれた全身を現すと、林は目をむいた。

「おい……。それ、いくらだ？」

と、恐る恐る訊《き》く。

「ああ、値段？　大したことないわよ」

「いくらだ？」

聞く前に、心臓の薬でも服《の》んでおこうかと思った。

「――百万円よ」

「百万？　何だ、そうか。えらく立派に見えるから、もっと高いと思ったぜ」

と、林はホッとした様子で言った。

そして、智子が口の中で小さく、

「頭金がね」

と呟《つぶや》くのを、まったく気づかなかったのである……。

「矢吹さんをあんまり叱《しか》っちゃだめよ」

と、智子が林に言った。

「俺の子分だ。殴ろうと殺そうと、俺の勝手だ！」

「そういうこと言ってるからだめなのよ」

「何がだめだ」

「若い人たちは、叱るんじゃなくて、うまくほめてあげなきゃ」

「子分のご機嫌なんか、とってられるか」

と、林は顔をしかめた。

「私、出かけてくるわね」

「どこへ行くんだ？」

「せっかく毛皮のコートを買ったのよ。家の中で着てたって仕方ないじゃないの」

林は、口のよく回る智子を相手に、言い合うのが面倒で仕方ない。つい、

「好きにしろ」

と言ってしまうのである。

というわけで——そう言われなくても「好きにしている」智子、おおっぴらに「好きなようにする」ことになる。

夜になると、智子は元気になる。遊びに行く所がいくらでもあるからだ。

「車は？」

と、家を出て、左右を見回すと、いつものベンツがやってきた。

子分が運転手。とはいえ、途中で適当に姿をくらますこともある。——林は、金は持っているが、どうひいき目に見ても、見とれるような二枚目とはいかない。

で、ちょいとすてきな若い男をつまみ食いしたりするときは、林にばれないように、子分の車を待たせておいて、他の車でホテルへ向かうこともある。

——ベンツに乗り込んで、

「クラブ〈G〉へやって」

と言っておいて、智子はウトウトと眠り込んだ。

そして——ほんの十分ほど眠っただけだったが、ふと目を覚ますと……。

「何、これ？」

と、窓の外を見て、びっくりした。

えらく寂《さび》しい道を走っているのである。

「ちょっと！　クラブ〈G〉って言ったのよ！」

と文句を言うと、

「おとなしくしてな」

「え？」

「妙に騒ぐと、痛い思いをするぜ」

　智子は青ざめた。

「――あんた、誰よ！」

「知らなくてもいい。おとなしく座ってるんだ」

「降ろして！　車を停めて！」

　と、智子が声を上げると、

「おばさん、うるさいよ」

　助手席の背から、ヒョイと女の子の顔が覗く。

「何なの、あんた？」

「口のきき方に気をつけてよ」

「生意気な子ね！　引っ込んでなさい」

　と、智子が言うと――。

　ヒュッと音がして、智子は自分の足の間にナイフが突き立っているのを見て目を丸くした。

「この次は、直接刺さるわよ」

　と言って、女の子はクックッと愉《たの》しげに笑った。

「動かないのよ。下手に動くと、刃はよく研いであるからね」

動きたくても動けない。ナイフは、毛皮のコートを貫いて、座席に刺さっている。

「さあ、ちょっとドライブしようか」

運転している男が、のんびりと言った……。

人助け

フォン・クロロックは、腕時計を見て、首を振った。

「――約束の時間に三十分も遅れる。こんなことでは取引ができんな」

と、呟《つぶや》いて、ホテルのラウンジを見回した。

「クロロックさん？」

と、やってきたのは、六十ぐらいの、あまり人相の良くない男。

「あんたが――」

「立石《たていし》だ」

と、クロロックの向かいの席に座り、

「待ったかね」

「時間通りに来るのがくせなのでな」

と、クロロックは言った。

「待たせたのはすまん。しかし、こっちもいろいろと交渉材料を揃える必要があってね」

「どうやら、あんたとは普通の商売ができるわけじゃなさそうだね」

「考え方だろうな」

と、立石は言った。

「自分の娘が捕まっているとなったら、安心して取引はできないだろ？」

「ほう。娘が？」

「そう。今、あんたの娘は俺の子分たちの手の中だ」

「それで？」

「ちっともびっくりしてないようだな」

と、立石は不服そうに、

「信じてないんだな？」

「そういうわけじゃないがな」

と、クロロックは言った。

「やはり、人間、目の前で見ないと、何ごとも信じられんというものだ。『百聞《ひやくぶん》は一見《いっけん》にしかず』という」

立石はムッとした様子で、

「俺のことを馬鹿にするのか？　『新聞が百円だ』って？　それがどうしたっていうんだ？」

どうも、あんまり頭の良くなさそうなヤクザである。

「じゃ、ロビーをよく見てろ」

と、立石はフフ、と笑って、

「今、お前の大事な娘が俺の子分たちに連れられて、そこを通るから」

「それでは、せめて手ぐらい振ってやろう」

ラウンジからは、ホテルのロビーが見渡せるのだが——。

「お父さん！」

エリカが確かにロビーへ出てきた。

「お前、元気か」

「うん。これ、どうしよう？」

エリカが、男のえり首をつかんで、引きずっている。

「それ一人か？」

「あと二人、地階のソファで眠ってるけど」

「そうか。生ゴミに出しとけ」

と、クロロックは言った。

ホテルのボーイがエリカの方へやってきて、

「あの……どうかなさいましたか？」

「この人、酔って気持ち悪くなったみたいなんです。頭から水でもぶっかけてやってくださいな」

と、エリカは呆気《あっけ》に取られているボーイへのびているヤクザを渡して、ラウンジへやってきた。

立石が呆然としている。

「それで――どういうお話かな?」

と、クロロックは訊《き》いた。

「つまり……その……」

と、立石が口ごもっていると、

「パパ! ――パパじゃない!」

と、可愛い声がして、ブレザーの制服姿の十六、七の女の子がラウンジへ駆け込んできた。

立石があわてて、

「ユリ……。お前、何してるんだ?」

「学校の行事。パパ、お仕事?」

「うん……。まあな」

立石は焦《あせ》りまくっていた。――クロロックは口ひげをかるくひねって、

「こんな可愛いお嬢さんがおいでとは。立石社長さんも、張り切って働かれるはずですな」

と言った。

「恐れ入ります。——ユリ、パパは仕事の話をしてるんだ。向こうへ行ってなさい」

「まあ、ユリ」

と、スーツ姿の女性がラウンジへ入ってくると、

「あなた……」

「江美《えみ》か。こちらは、取引先のクロロックさんと、娘さんだ」

「まあ、初めまして。家内でございます。——ユリ、行くわよ。下で学校の先生方がお待ちでしょ」

「うん。パパに会うなんて、久しぶりだよね」

立石が汗をかいて、唇を引きつらせながら、手を振って見送る。

「——今、おいくつですか」

と、エリカが訊く。

「ユリですか？　十六歳です。高校へ入るのに、なかなか苦労していて……。何しろ父親がこういう風ですからな」

立石は深く息をつくと、

「恩に着ます！」

と、頭を下げた。

「どうやら、何か人違いされているのではないかな？　我々に何のご用で？」

「どうやらそのようですな。いや、東京駅で林《はやし》さんのところの若いもんが手玉にとられたとかで、調べてみると、クロロックという名前。――別人かどうか、確かめてこいと言われていましてな」

「誰と間違えたんですか？」

と、エリカが訊くと、立石の顔がふとこわばって、

「恐ろしい奴です」

と、低い声で言った。

「松宮裕《まつみやひろし》という男で――通称〈凪〉。俺や林さんが若かったころ、仲間を組んでいた相手なのですがな……。何しろ、人を平気で殺す。しかも楽しみながら殺すという奴なので、林も俺も、このままだと、やがて警察に尻尾をつかまれる、と不安になり、奴を消したのです」

「殺した？」

「つ、も、りでした。松宮が女房と乗っていた車ごと、爆弾で吹っ飛ばしたんです」

「ひどいわ」

「まあ確かに。しかし、こういう世界ですからな。ところが、そのとき手伝った和田《わだ》という男の所へ、松宮が娘と二人で現れたというんです。――それで、和田から連絡を受けた林さんが子分たちを駅へやったというわけで」

エリカは、あのとき、駅のホームを歩いていた男とその娘らしい少女の二人連れのことを思い出していた。

「つまり、仕返しに来たというわけだな」

と、クロロックは言った。

「私はクロロック商会の社長。その松宮とかいう男とは何の係わりもない」

「ご迷惑かけて申しわけない」

と、立石は頭を下げ、

「この埋め合わせは必ずいつか」

「立石さん。松宮の娘って、いくつぐらいなんですか？」

「娘ですか。たぶん……うちのユリと同じくらいで、十六、七じゃなかったかな」

エリカは、ほんの十数秒前、あのときの娘と似た後ろ姿が、ロビーを急いで横切っていくのを見ていたのである。

「ま、それではこれで――」

と、立石が立ち上がりかけると、

「あなた！」

さっき挨拶《あいさつ》した、立石の若い妻、江美が青ざめた顔でラウンジへ入ってくる。

「江美。どうした？」

「下で……先生が……」

と言うなり、江美は崩れるように倒れてしまった。

「おい、江美！　どうした！」

エリカは、父と顔を見合わせた。

「血が飛んでる」

と、エリカが江美の服を見て言った。

「自分の血ではないな。――地階、と言ったな。行ってみるか」

クロロックはエリカと共にラウンジを飛び出すと、エスカレーターで地階へ下りた。

大小の宴会場の並ぶ地階は騒然としている。

「お父さん――」

「何かあったな」

クロロックたちが駆けつけると、宴会場の一つに、〈K学園入学説明会〉という札が立っていて、その出入り口で人が右往左往《うおうさおう》している。

中へ入ってみると、数十人の集まりらしかったが、正面の壇上に初老の紳士が倒れていて、そのすぐそばに呆然とした様子で立っていたのは、さっきの、立石の娘、ユリだ。

「——何があったんだね？」

と、クロロックが駆けつけて、ユリの肩を叩くと、ユリはハッと我に返った様子で、手から何かを落とした。

コトンと音がして、足下にナイフが刺さった。

クロロックは、その刃が血で汚れているのを見て、

「君が殺したのか」

と訊いた。

「分かんない……。気がついたら、ここに立ってて、それを持って——先生が倒れてた」

ユリはまだ夢でも見ているかのよう。

エリカは、倒れている紳士の脈を取って、

「だめ。もう死んでる」

と、首を振った。

クロロックは、ため息をついて、

「大勢が見ていたのだ。この子を逃がしても、どうにもならん」

と、立ち上がった。

ホテルのガードマンが数人、会場へ駆け込んでくるのが見えた……。

「――怖いわねえ」

と、涼子《りようこ》がTVを見ながら言った。

エリカがTVを見ると、あの宴会場が出ている。

「十六歳の女の子が、校長先生を刺したんですってよ！　何てことでしょ。――虎《とら》ちゃんはそんな子にならないでね」

「ワア」

と、虎ちゃんが両手を上げて「バンザイ」している。

何でも「バンザイ」になってしまうのが、虎ちゃんのくせである。

「――お父さん、あれって……」

と、エリカが言いかけたとき、玄関のチャイムが鳴った。

「誰かしら？　エリカさん、出てくれる？　私、新聞の勧誘とか断るの苦手なの」

やれやれ。何しろ「若い奥さん」なので、クロロックもつい甘やかしている。

エリカが出てみると、

「突然申しわけない」

と、目の前に立っていたのは、立石だった。

「ああ。――どうしたんですか」

と、エリカが訊くと、突然、立石はバッと玄関に座り込んで、両手をつき、

「娘を助けてやってください！　この通りだ！」

と、頭を下げた。

「――まあ、上がりなさい」

クロロックが声をかけた。

立石は、くたびれ切った様子で、いっぺんに二十も年齢《とし》をとったように見えた。

しかし、何といっても、見た目がヤクザである。涼子はあわてて虎ちゃんを奥へ連れていってしまった。

「――俺はこういう商売をしている」

と、ソファに身を沈めた立石が言った。

「そのせいで、ユリがやったことにされても、何も言えない。俺が口を出せば、それこそユリにとっちゃマイナスにしかならないだろう」

「娘を思う気持ちは分かるが、もう十六なら、父親が何をしているのか、知るべきではないのかな」

と、クロロックは言った。

「おっしゃる通り」

と、立石は肯《うなず》いた。

「これを機に、足を洗おうと思っとります。しかし、そのためにも、何とかユリの容疑を晴らしてやりたい」

「一体どういうことだったのだ？」

「女房の話では、子供たち一人一人を壇上に呼んで、校長が話をする、ということだったそうです。それで、うちの子の番になり、壇に上って、校長の前へ進み出たとき、会場の明かりが消えた。ほんの数秒で明るくなったそうだが、そのときには、校長は刺されて死んでいて、ユリがナイフを持っていた」

　クロロックは、少し考えてから、

「その〈風〉とかいう男――松宮といったか？　その男の仕業《しわざ》と思っとるんだな？」

「他に思いつかないのでね。――しかし、狙うなら俺を狙えばいい。娘をあんな風に利用するとは卑怯《ひきょう》だ！」

「まあ、自分もそういばれたもんじゃあるまい」

　と、クロロックは笑って、

「とりあえず、今はあんたの奥さんの身に気をつけることだ。そして、この事件が無事に片づいたら、足を洗うかね、本当に？」

「ああ。ビルの守衛でも何でもして暮らしていくことにしますよ」

　立石の言葉は、少なくとも気持ちの上では本心だったろう。

「あなた。助けてあげなさいよ」

いつの間にやら、涼子が話を聞いている。

エリカは、立石の代わりにあの奥さんが頼みに来ていたら、きっとお母さんの意見も違ってただろうな、と思ったりした。

「あんたの他に狙われるとしたら？」

と、クロロックが訊く。

「林さんですな。水上《みずかみ》というのが、仕事のもう一人のパートナーだが、奴は若くて、松宮のことは知らんからね」

「ふむ……」

クロロックは少しの間考えていたが、

「エリカ。お前、時間あるか？」

そう来ると思ってた！

エリカは、

「ないこともないわけでもないようなあるような……」

と、わけの分からない返事をした……。

風の息吹

鍵が静かにカチャリと回った。

そっとドアを開けると、

「奥さん……」

と、矢吹《やぶき》は真っ暗な部屋の中へ呼びかけた。

「入りますよ……。奥さん。――眠っちゃったんですか」

矢吹――林《はやし》に怒鳴られていた若い子分である――は、明かりを点《つ》けようと手探りでスイッチを捜した。

「――矢吹さん」

と、暗がりの中から声がした。

「奥さん。いたんですか。真っ暗なんで、忘れちまったのかと思いましたよ。今、明かりを点けますね」

「やめて!」

「え？」

「明かりを点けないで！」

智子《ともこ》の声は震えていた。しかし、矢吹は頭の切れる男ではなく、とっさに的確な判断のできる男でもなかった。

ちょうど、手でスイッチを捜し当て、

「どうしたんです？」

と言いながら、スイッチを入れた。

「キャッ！」

と、悲鳴が上がって、暗がりの中に青白い火花が飛んだ。

が、明かりは点かない。

「奥さん。――奥さん？」

と、矢吹が呼んでいると、急にパッと明かりが点いた。

矢吹は呆気《あっけ》に取られて、目の前の椅子に縛りつけられた智子を眺めていた。

「奥さん！」

あわてて駆け寄ったが、智子は気を失っている。

「――死んじゃいないぜ」

と、声がした。

「誰だ！」

矢吹は、ホテルの部屋のバスルームからフラリと出てきた男を見て、

「松宮《まつみや》とかってのは、お前だな！」

「ああ、そうさ」

「奥さんにこんなひどいことしやがって！」

松宮は笑って、

「その女を気絶させたのは、お前だぞ」

「何だと？」

「明かりのスイッチを入れると、その女の体に電気が流れるようにしてあったんだ。心臓の弱い奴ならイチコロだが、その女は丈夫らしいからな」

「貴様！　ぶっ殺してやる！」

矢吹は、上着の下に手を入れ、拳銃を抜こうとした。

ヒュッと音が鳴って、矢吹の右腕にナイフが突き刺さった。

「おい……何だ……」

矢吹は、呻《うめ》きながら床にうずくまってしまった。

「いい腕だ」

と、松宮は娘のミチ子の方へ肯《うなず》いてみせた。

「おこづかい、上げて」

と、ミチ子は十七歳らしい要求を出した。

智子がウーンと呻いて、目を開ける。

「やあ、気がついたか」

「あなた……。矢吹さん！」

智子は、床に倒れて唸《うな》っている矢吹を見て悲鳴を上げた。

「——こんな痛さで悲鳴を上げて、何だ」

と、松宮は矢吹のそばまで行くと、笑って見下ろした。

「車を爆弾で吹っ飛ばされたときの痛みときたら……。全身大やけどで、命をとりとめたが奇跡と言われたもんだ」

「何なのよ……。そんなこと、私は知らないわ！」

「そっちが知らなくても、林はすべてご承知さ」

松宮は淡々と言った。

「だがあんたは生きてる。俺の女房はその爆弾で死んだ」

「それは……」

「林の奴にも味わってもらおう。しかし、あんたは殺さないよ」

と、松宮は言った。

「その代わり――可愛いこの恋人が死ぬところを、じっくり眺めておいてもらおう」

松宮が、呻いている矢吹の方へかがみ込むと、その腕に刺さったナイフを抜き取った。

矢吹が、

「奥さん……。助けてください……」

と、泣き声を上げる。

「情けない奴だな」

と、松宮は、矢吹の拳銃を抜き取るとコートのポケットへしまい、

「せめて最期《さいご》ぐらい、見栄《みえ》を張れよ」

「やめて。――ねえ、その人を殺さないで」

と、智子が哀願した。

「旦那ならいいかい？」

「そんな――」

松宮は笑った。そして、ナイフの刃を矢吹の喉《のど》へ押し当てると、一気に走らせた。

智子が悲鳴を上げる。

「――行くぞ」

と、松宮は娘のミチ子を促《うなが》した。

そして、智子へ、

「旦那へよろしく言ってくれ。必ず近々伺《うかが》います、とね」

と言うと、ミチ子を先に出し、そして静かに部屋を出ていく。

残された智子は、必死で椅子をガタゴト動かし、何とか非常呼び出しのボタンを押そうとした。

しかし、逆に椅子ごと引っくり返ってしまい、もう動けなくなる。

智子は、矢吹が喉から血を流して、やがて動かなくなるのを見ていられずに、目をそらした。

――結局、ホテルのボーイがやってきて発見したのだが、それまでに一時間以上もかかってしまったのである……。


「ユリ？」

江美《えみ》は、娘の部屋のドアをそっと叩いた。

返事はないが、開けてみると、ユリがベッドに寝て、じっと天井を見つめている。

「ユリ……」

と、江美はベッドのわきに膝《ひざ》をついて、

「心配しないで。パパが何とかしてくれるわ。あなたが人を刺したりしないことくらい、誰だって分かってる」

「そんなこと、分かんないよ」

「ユリ――」

「何しろ、ヤクザの娘だもん。何してるか分かったもんじゃないでしょ」

ユリはクルッと母親の方へ背中を向けてしまった。

未成年ということもあり、取り調べの後、ユリは帰されてきたのだが、当然、父、立《た》石《いし》が何をしているか、知らされることになった。

人を刺したと疑われたことより、自分がヤクザの子だと知ったことの方が、ユリにとってはショックだった。

「ユリ……。パパの気持ちも分かってあげて。今度のことで、足を洗うと言ってるし」

「もう遅いよ。学校なんか、恥ずかしくて行けない」

「そんなこと言わないで」

「放っといて！　死んじゃえば良かった」

「ユリ、そんな――」

「お望み通りにしてやろうか」

と、ドアの所で声がした。

ハッとして振り向いた江美は、長いコートを着た男がニヤリと笑うのを見てゾッとした。

「あんたは……〈風〉という人ね」

「よくご存知で」

と、松宮は言った。

「どうやって入ったの？」

「そんなことは簡単さ。——な、お嬢さん。やけになって泣いてるのは感心しないな。ちょうど、うちにも同じ年ごろの娘がいる。二人で仲良く遊んじゃどうだい？」

「とんでもない！　出てって！」

と、江美がユリの前に立って叫ぶ。

松宮の後ろから、スッとミチ子が顔を出して、

「こんにちは。——ね、仲良くしようよ」

と、部屋へ入ってきて、右手を差し出す。

ユリが、見えない糸に引かれるようにフッと起き上がり、母の前へ出ようとした。

「だめよ！」

江美がユリを押し戻す。

差し出されたミチ子の手に、袖《そで》の中からナイフが滑り出て、おさまっていた。

その刃《やいば》が江美の胸へ——。

よける間はなかった。江美はユリをかばうので精一杯だった。

ナイフの刃先が江美の胸へ突き刺さろうとしたとき、見えない手にはたき落とされたように、ナイフが床へ落ちた。

ミチ子がびっくりして振り向く。

「人の命は尊いものだ」

と、クロロックが入り口に立って言った。

「遊びのつもりで命を奪うのはいかん。自分へ報いが返ってくるぞ」

「あんた、何よ！——お父さん、こいつを片づけてよ」

「待て」

松宮は油断なくクロロックと相対《あいたい》していたが、

「——ミチ子。今日のところは引き上げるぞ」

「え？」

「来い。——遅れるな」

と言うなり、松宮は凄《すご》い勢いで駆け出した。

「待って！」

ミチ子がそれを追っていく。

呆気に取られている江美とユリの方へ、

「用心することだ。またやってこんとも限らんぞ」

と、クロロックは言った。

「ママ……。今のは……」

「ともかく危ないところを助かったんだわ」

江美は、ユリを抱き寄せて、

「命を粗末にしてはだめよ。ね？」

「うん……」

と、ユリは肯いていた。

「奥さん。ご主人はどこに行かれたか分かるかな？」

と、クロロックが訊《き》く。

「たぶん……林さんのお宅だと思いますが」

「そうか。場所を教えてくれ」

「はい。——あの、何か主人に……」

「今の二人が簡単に引っ込んだので、却《かえ》って心配だ。——エリカ、どうした？」

エリカが軽く息を弾ませて、入ってくる。

「あれ、普通の人間じゃないね。凄いスピードで逃げて、人ごみの中へ紛《まぎ》れ込んじゃった」

「やはりそうか。——この部屋の空気に何か感じないか？」

エリカはちょっと鼻を動かして、

「何か……これって生きてる人間の匂《にお》いじゃないよ」

江美とユリが顔を見合わせた。

「どういうことですか？」

と、江美が訊く。

「あの松宮という男は、あんたのご主人や林という男の手で、車に爆弾を仕掛けられた。そして死んだ。おそらくな」

と、クロロックは言った。

「死んだ？」

「妻が死に、自分も死にかけていると悟ったとき、松宮はおそらく自分を殺した連中を呪っただろう。たとえ魂《たましい》を売ってでも、仕返ししようと誓ったろう」

「魂を……」

「まあ、あんたたちが信じるかどうかはともかく、奴は悪魔と契約したのだ。そして、肉体は死んでも、そのまま動き回って、今、復讐を進めているのだ」

「でも、もしそうだとしたら、あの娘の方は？」

と、エリカが訊く。

「娘は爆発した車にはいなかったらしいが……。今のところは、どっちか分からん」

「でも、それじゃ松宮は……」

「契約には期限がある。それに、肉体の方もいつまでももつわけではないしな。——仕返しの手段として、当人でなく、こういう妻子を殺そうとしたりしているが、それは間接的なもので時間がかかる。この後は林や立石本人を狙うかもしれん」

「行ってみる？」

「うむ。林の自宅という所へ行ってみよう。奥さん、地図を描いてもらえますかな？」

「はい！」

江美が手早く略図を描くと、クロロックはザッと見て頭に入れ、エリカへ渡した。

「では行こう。むだな殺生をさせてはならん。では、これでごめん！」

クロロックとエリカがいなくなると、母と娘は、今の光景をどう受け止めていいものやら分からない様子で、ただひたすら手を取り合うばかりだった……。

救い

「わざわざ来てもらって、すまんな」

と、林《はやし》が言った。

「大丈夫かね」

と、立石《たていし》が心配そうに、

「疲れているようだが」

「否定はせんよ」

と、林は笑って、

「ああ、水上《みずかみ》も座ってくれ」

少し遅れてやってきた水上は、居間のソファに腰を下ろした。

「矢吹《やぶき》がやられたって？」

「ああ……。しかし、智子《ともこ》の奴、矢吹と浮気していやがった！」

林は、そのショックに打ちのめされているようだった。

「若いんだ。勘弁してやれよ」

　と、立石が言った。

「勘弁するも何も、矢吹は松宮《まつみや》にやられたし、智子は逃げちまった。命あっての浮気だからな」

「じゃ、一人かい？」

「さばさばしていいぜ」

　と、林は肩をすくめて、

「てなことを言っても……強がりだな」

「元気を出せよ。俺と水上で、何とかやっていく。林さんは引退しちゃどうだ」

「ありがとう。しかし——その前に松宮に消されるんじゃないか」

「あいつのことは、何とかする。——なあ、水上」

「今、手を尽くしてる。たかが一匹狼じゃないか」

「油断するなよ。やられるぞ」

「大丈夫。用心してるさ」

　と、林が言った。

「俺は……どうせならアッサリやってほしいな」

　林は、窓の外の暗がりを眺めながら、

「もう、七十にでもなった気分だ。充分生きたよ」

と言ったが……。

ふと、窓の外の暗がりに、動く影を認めた。

一瞬のことだが、その「動き」は危険なものだった。長年の直感がそう教えている。

しかし、林は、逃げなかった。よけようともしなかった。

「やっと迎えが来た」

そう思って、ホッとさえしていた。

それでも、すぐに、「これはまずい」と考え直したのだが、その数秒間が、林の命取りになった。

窓ガラスが一気に砕け、林はよける間もなく、暗がりから飛んでくる銀色の刃物を、はっきりと見ていた。

「林さん！」

と、立石は立ち上がって、林が喉《のど》を押さえてよろけるのを見た。

林の喉にナイフが深々と突き刺さっていた。血がふき出すのに、少しの間があって、林の体がねじれて倒れる。

「林さん！」

「立石さん、危ないですよ！」

と、水上が立石の腕をつかんで引っ張った。

「しかし――」

立石は、もう林が助からないと悟った。

「畜生！　何てことだ！」

「隠れた方が――」

「おい！　誰かいないのか！」

立石は居間を飛び出した。

林の子分が必ず何人か詰めているはずである。

「おい！　林さんがやられたぞ！」

立石が、玄関脇の部屋を覗《のぞ》くと――。

林の子分たちが三人、それぞれ床に突っ伏し、あるいはソファの中でずり落ちて、死んでいた。

「何てことだ……」

立石は拳銃を抜いた。

「松宮！」

と、叫びつつ、玄関を出ると、庭の芝生へと駆け出す。

「松宮！　どこにいる！　出てこい！」

と、大声で叫びながら、芝生を駆け回った。

「立石さん！　危ないですよ」

と、水上が居間の割れた窓から声をかける。

「放っといてくれ！　これはあんたにゃ関係のないことなんだ！」

立石は、喘《あえ》ぎながら、庭の木立の間に銃弾を撃ち込んだ。

「どこに隠れてるんだ！　卑怯《ひきよう》だぞ！」

と、立石が喚《わめ》く。

そこへ、ヒュッと風を切ってナイフが飛んでくると、立石の右腕をかすめた。傷の痛みに銃を取り落とすと、かがみ込んで急いで左手で拾った。

「――勇ましいな」

と、冷ややかな声がした。

振り向くと、〈風〉こと松宮裕《ひろし》が立っていたのである。

「松宮……。昔の仲間を、何だ！」

「仲間だと？」

松宮は笑って、

「車に爆弾を仕掛けて、女房まで殺そうってのが、仲間のすることかね」

「仕方なかった。お前は派手にやり過ぎたんだ」

「言いわけになるか！　俺は誓ったんだ。女房を失ったとき、あいつに誓ったんだ！」

左手に持った拳銃の銃口が上がって、目の前の松宮を狙った。

笑い声が上がった。——もう一人の笑い声。

立石は振り向いた。

「これでも食らいな！」

ミチ子がナイフを持った手を振り上げる。

その瞬間——空に雷鳴が轟《とどろ》いたと思うと、青白い光が真っ直ぐ地上へ走った。それは振りかざしたミチ子の手のナイフに落ちた。

バァーン、と鼓膜を破りそうな音がして、立石は引っくり返った。

何だ？　何ごとだ？

立石がやっとの思いで起き上がったとき、松宮がウォーッと声を上げて、芝生に倒れているミチ子へ駆け寄るのが見えた。

足音がして、

「間に合ったか！」

クロロックとエリカが庭へ駆けてくる。

「おお……。どうなってるんです？」

「奥さんたちが危なかったが、何とか助けた。こっちは——」

「林さんはやられましたよ」

と、立石はよろけつつ立ち上がった。

「お父さん……」

エリカは、松宮が娘を抱き上げて、立ち上がるのを見た。

「落雷だ」

と、クロロックは言った。

「手にしたナイフに……。天の声だ。――分かったかね」

松宮は、呆然として娘の死に顔を眺めていたが、

「あんたは……人間じゃないな」

と、クロロックへ言った。

「いくらか違う者だ」

「この子を……頼めるか」

「どうしろと？」

「俺と一緒では、悪魔に持っていかれてしまう。せめて、この娘だけでも、救いたい」

クロロックは、チラッとエリカと目を見交わした。

「自分でついていってあげた方がいいんじゃないですか」

と、エリカは言って、

「自分でかた
をつけて。今からでも、悪魔との契約は取り消せますよ」

「しかし……」

屋敷の方から銃声が聞こえて、松宮の体がグラッと揺れた。

エリカが駆け寄って、落ちそうになるミチ子の死体を抱き止めた。

松宮がゆっくりと芝生に崩れ落ちる。

「——いや、とんでもない奴だった」

と、水上がやってきた。

「立石さん、大丈夫ですか？」

「あんたが撃ったのか」

「ええ。だって、林さんの敵《かたき》を取らなきゃね。そうでしょ？」

水上は拳銃を上着の下へしまって、

「けがはどうです？」

「大したことはない……」

「これで片づいた！　——後は僕と立石さんでやっていきましょう」

「いや、俺はもう手を引く。あんたが一人でやってくれ」

立石は、右手の傷口を押さえながら、

「俺は……女房と子供の所へ帰るよ」

と、歩き出した。

「待ちなさい」

と、クロロックが言った。

「今は、あんたも妻子が大事と思っている。しかし、松宮とその妻を死なせ、娘をあんなことにしてしまったのは、あんたたちだ」

立石は目を伏せて、

「それは……申しわけないと思いますよ」

「それなら、松宮のために、やれることをやってやりなさい」

「何か、俺にできることが？」

「この娘を、手厚く葬ってやることだ」

と、エリカが抱いたミチ子の方へ目をやって、

「それで松宮も安心する」

「分かりました。任せてください」

立石は、エリカの手からミチ子の死体を受け取った。

クロロックが、

「さあ、これでいいかな？」

と、倒れている松宮の方を見ると、

「――ありがとう」

松宮は、ゆっくり体を起こした。

「おい！」

水上があわてて拳銃を抜く。だが――クロロックがサッと手を伸ばすと、拳銃は水上の手から宙へ飛んで、エリカが受け取った。

「何だ……。こんな馬鹿な！」

「水上だ」

と、松宮が、腹を押さえて、一歩一歩踏みしめるように歩きながら、

「こいつが、林や立石を殺してくれと言ったんだ。死にかけた俺の所へやってきて、契約しろと言った……」

「何を馬鹿な！」

水上は、後ずさりした。

「俺を……初めから殺す気だったんだな！」

水上は、ちょっと間を置いて、それから笑いだした。

「俺には悪魔がついててくれるんだ。お前一人、騙《だま》すのなんか、簡単さ！」

「こいつめ！」

松宮がつかみかかると、水上はその手を振り払って、

「俺には悪魔がついてるんだ！」

　と、叫んだ。

「――分かっとらんな」

　クロロックが首を振って、

「悪魔は、本当のことなど言わんから悪魔なのだ。弱った人間に救いの手など差しのべはせん」

「嘘だ！　俺は悪魔を信仰して、崇拝してきたんだ！」

「それが間違いだ」

　クロロックは、水上の胸ぐらをつかんで持ち上げると、ヤッと放り投げた。

　芝生へ投げ出された水上の上に、松宮が馬乗りになって、首へ手をかけた。

「こいつ！　――よくも騙してくれたな！　よくも……」

　水上は必死にもがいていたが、やがて動かなくなった。

　松宮はよろけながら立ち上がり、

「ミチ子……。俺の大事な――」

　と言うなり、バタッと倒れた。

　クロロックは、近寄って、死んでいるのを確かめると、

「直接契約した相手を殺したのだ。娘と一緒に行けるだろう」

と、肯《うなず》いて言った。

「一緒に葬ってやります」

と、立石が言った。

「そうしてくれるか」

「必ず。——任せてください」

クロロックは、エリカの方へ、

「では、引き上げるか」

と言った。

「待ってください」

立石は、クロロックを呼び止めて、

「クロロックさん。あんたに頼みがあります」

「何かな？」

「林さんも水上も死んで、俺も引退する。今の縄張りをみる奴が一人もいない。——どうだろう。あんた、この縄張りを引き受けてくれんか」

クロロックは唖然《あぜん》として、エリカと顔を見合わせるのだった……。

エピローグ

「エリカさん！」

と、明るい声がクロロック商会の社長室に響いた。

「あ、ユリちゃん」

遊びに来ていたエリカは、立石《たていし》の娘、ユリを見て、

「どうしたの？」

「パパがお世話になってるから、見に来たんだ」

ユリの言葉に目を丸くしていると、クロロックが入ってきた。

「――まあ、焦《あせ》ることはない。ゆっくり仕事を憶えてくれ」

「分かりました」

クロロックについて歩いて、神妙な顔をしているのは、立石である。

「パパ！」

「ユリ！　だめじゃないか。仕事中だぞ」

と言いながら、立石は嬉しそうだ。

「——知らなかった」

と、エリカは父を見て言った。

「うむ……。どうせ、人が足りなかったのでな」

と、クロロックは咳払《せきばら》いして、

「私は仕事で出かける。ま、ゆっくりしていきなさい」

と、ユリへ声をかけた。

エリカは、父と一緒に社長室を出て、

「やるじゃない。社長！」

「冷やかすな。——ま、一人ぐらい余分に雇っても、潰《つぶ》れやせん」

「いいことだわ。ユリちゃんも明るくなったし」

受付の子が駆けてきて、

「社長！　大変です！」

「どうした？　奥さんが来たか？」

いつも怖がっている気持ちが、つい出てしまう。

「いえ、正面にヤクザが……」

――外へ出てみると、黒塗りの外車が停まっていて、

「お待ちしておりました」

と、黒のスーツにサングラスの若いのが頭を下げる。

「何か用かな?」

「新しいボスをオフィスへお連れします」

「それは――」

クロロックは、笑いをかみ殺しているエリカをにらんで、

「私はここの社長だ。他の面倒をみているヒマはない!」

「そうおっしゃられても困ります」

「こっちこそ困る」

押し問答しているのを眺めながら、

「吸血鬼がヤクザの親分じゃね……。やっぱり似合わないわね」

と、エリカは呟《つぶや》いた(作者が大学の先生をやるようなものだ)。

「――断る!」

クロロックは、エリカの方へ、

「走るぞ!」

「待って！　お父さん！」

エリカは、たちまち人の間へ紛《まぎ》れていく父を追って、あわてて走り出したのだった……。

解説——終わらない旅

中《なか》村《むら》航《こう》

小学校高学年のときに好きだった女の子の趣味は、「赤川次郎の小説を読むこと」だった。文集にそう書いてあって知ったのだが、赤川次郎という名を目にしたのはそのときが初めてのことだ。

中学生のときには、『セーラー服と機関銃』や『探偵物語』の映画をテレビで観た。画面のなかの薬師丸ひろこを観ていると、なぜだかどきどきした。これらの映画が赤川次郎原作だと知って、読んでみようかと思ったが、本を手に取ることはなかった。

大学生のとき、家庭教師先の中学生女子の本棚に、三毛猫ホームズシリーズの本が並んでいた。へえー！　と思ったが、自分が読むことはなかった。

それからだいぶ時間が経って、今から二、三年前、大学生の男の子に、普段どんな本を読むのかと質問した。その大学生は赤川次郎だと答え、へええ！　と驚いていると、お母さんに勧められたのだと説明してくれた。へえええ！　とまた驚いてしまった。赤川作品は時代だけでなく、世代を超えて読み継がれている。

そしてつい先日のことだ。知り合いの編集者に、この小説の解説を依頼された。

こ、これはどうしたものか、と迷った。

恥ずかしながら、僕自身は赤川先生の作品を一冊も読んだことがない。読む機会は何度もあったはずなのに……。読んだことのない自分が解説を書くというのは、失礼なんじゃないだろうか……。だけど……。

やってみたい、とも思った。

これは読み逃してきた本を読む、絶好の機会だ。読んでみたいし、書いてみたい。やってみたいのだけど、実は読んだことがないのです、と正直に編集者さんに伝えると、それでもいいですよ、と編集者さんは言った。ふうむ、と僕は考える。

赤川先生の著作は膨大だから、文庫解説の数も膨大だろう。ならば一人くらいは、未読のまま年齢を重ねてしまった者が解説する、というアングルがあっていいのかもしれない。熱心な読者の方にも、案外、新鮮に思ってもらえるのではないだろうか。

などと自分に都合よく考え、文庫解説をやらせていただくことにした。


『暗黒街の吸血鬼』——。

なにやらおそろしげなタイトルだ。きっとロンドンかどこかの暗黒街が舞台で、美しき吸血鬼の愛と哀しみが炸裂しているのだろう。

などと思いながら読み始めた表題作の「暗黒街の吸血鬼」だが、全然違った。まず暗黒街はロンドンにあるわけではなく、ニッポンの名もなき地方都市の小さな盛場にあった。そしてクロロックという名の吸血鬼もエリカという名の吸血鬼も、血をしたたらせながら愛と哀しみを炸裂させたりはしない。

小さな寂れかけた盛場は、一応、という感じにヤクザが仕切っている。〈ダル〉、〈ボス〉などといった呼び名は、彼らのかつての裏の顔を物語っているが、今ではみんなさえない中年で、ヤクザとはいえ、どこか牧歌的な感じさえする。

だがそこに突然、〈風〉という異物が現れる。〈風〉はまさに風のように現れ、その娘のミチ子は〈ダル〉の右手をナイフで鮮やかに刺し、〈ボス〉にその存在を示し、去っていく。

冒頭の緊張感をはらんだシーンによって、牧歌的な現在はいきなり、殺伐とした過去と地続きになる。やはりここは寂れかけた盛場などではなく、言葉通りの暗黒街なのだ。

〈風〉はヤクザたちにとっては死んだと思っていた者だ。彼は時間を飛び越えてやってきた、冥界からの使者、ということになる。復讐を果たそうとする〈風〉から、ヤクザたちは逃れようとする。

巻き込まれた形となったクロロックとエリカは、ヤクザたちを助けようと力を貸す。だが善悪で判断するなら、どちらかと言えば〈風〉よりもヤクザたちのほうが悪いふうにも見える。

それらの葛藤《かっとう》は、ラストシーンでの登場人物の死によって集結していくのだが、おどろきのどんでん返しがある。そのどんでん返しによって、やはりここは紛《まが》う方《かた》もない〈暗黒街〉だったんだな、と読み手は思い知るだろう。

「吸血鬼は時給八八〇円」は、吸血鬼と人間のハーフであるエリカが、遊園地で〈吸血鬼の役〉のバイトをするというシーンから始まる。

ゴーゴン役の時給は千円なのに、吸血鬼役は八八〇円だ。狼藉《ろうぜき》をはたらく客にエリカは催眠術をかけて、耳まで裂けた口から血をしたたらせ、するどく突き出た牙を見せる。そこまでやっても、時給は八八〇円だ。本物なのに……。

やがてこの遊園地で殺人事件が起こる。犯人だと思わしき男や、それを愛する女や、女を愛する男の思惑が交差する。クロロックとエリカの活躍によって、物語は夜の遊園地ならではといった感じのラストシーンに収束していく。

「吸血鬼の祭典」では今度はクロロックがテレビCMで〈吸血鬼の役〉を頼まれるシー

ンから始まる。本物なのに……。

吸血鬼なのに吸血鬼役をやるのはプライドがゆるさないらしくて、最初は断ろうとするが、結局はノリノリでやることになる。マントの片方をパッとはね上げるようにするポーズがお気に入りの様子のクロロックが、何だか可愛い。

共演することになったアイドルの美由《みゆ》には、どうやら複雑な事情があるようだ。美由を中心に、不思議で不穏なできごとがおこる。最後の撮影のシーンでは、集まった全員が殺されそうになる。だがクロロックとエリカの活躍により、意外な犯人が暴かれ、意外な結末へと物語は導かれていく。


吸血鬼であるクロロックとエリカは無敵の親子だった。

全然、吸血鬼っぽくない吸血鬼なのだが、その悠然としたありようは、闇を持った人間の起こす凄惨な事件のなかにあって、清涼飲料水のようでもある。彼らは時にさわやかに、時にあっさりと、人間の闇を振り払うように事件を解決してしまう。

人間はどうしようもなく闇に惹《ひ》かれるものだが、同時にその闇を、自分の力を超えた存在に軽々と振り払ってほしい、と心のどこかで願っているのだろう。それをクロロックとエリカが叶《かな》えてくれる。赤川次郎先生が描く物語が、叶えてくれる。

このシリーズが、時代を超えて長く続いている理由がわかる気した。
これからもクロロックとエリカには、終わらない旅を続けてほしいな、と思う。

（なかむら・こう　小説家）

この作品は一九九七年七月、集英社コバルト文庫より刊行されました。

集英社文庫

暗黒街《あんこくがい》の吸血鬼《きゅうけつき》

2016年6月30日　第1刷　　定価はカバーに表示してあります。

著　者　赤川次郎《あかがわじろう》
発行者　村田登志江
発行所　株式会社　集英社
東京都千代田区一ツ橋2-5-10　〒101-8050
電話　【編集部】03-3230-6095
【読者係】03-3230-6080
【販売部】03-3230-6393（書店専用）
印　刷　凸版印刷株式会社
製　本　凸版印刷株式会社

フォーマットデザイン　アリヤマデザインストア　　マークデザイン　居山浩二

ISBN978-4-08-745459-8 C0193